AF196539

Tucholsky Wagner Zola Scott Schlegel
Turgenev Fonatne Sydow Freud
Wallace
Twain Walther von der Vogelweide Fouqué Friedrich II. von Preußen
Weber Freiligrath
Fechner Weiße Rose Kant Ernst Frey
Fichte von Fallersleben Richthofen Frommel
Engels Fielding Hölderlin
Fehrs Faber Flaubert Eichendorff Tacitus Dumas
Feuerbach Maximilian I. von Habsburg Fock Eliasberg Zweig Ebner Eschenbach
Ewald Eliot Vergil
Goethe London
Mendelssohn Balzac Shakespeare Elisabeth von Österreich
Trackl Lichtenberg Rathenau Dostojewski Ganghofer
Stevenson Doyle Gjellerup
Mommsen Tolstoi Lenz Hambruch
Thoma von Arnim Hanrieder Droste-Hülshoff
Dach Verne Hägele Humboldt
Reuter Rousseau Hagen Hauff
Karrillon Garschin Hauptmann Gautier
Defoe Baudelaire
Damaschke Descartes Hebbel
Hegel Kussmaul Herder
Wolfram von Eschenbach Dickens Schopenhauer
Darwin Melville Rilke George
Bronner Grimm Jerome
Campe Horváth Aristoteles Bebel Proust
Bismarck Vigny Barlach Voltaire Federer Herodot
Gengenbach Heine
Storm Casanova Tersteegen Grillparzer Georgy
Chamberlain Lessing Langbein Gilm Gryphius
Brentano Lafontaine
Strachwitz Claudius Schiller Schilling Kralik Iffland Sokrates
Katharina II. von Rußland Bellamy Gerstäcker Raabe Gibbon Tschechow
Löns Hesse Hoffmann Gogol Wilde Vulpius
Luther Heym Hofmannsthal Klee Hölty Morgenstern Gleim
Roth Heyse Klopstock Kleist Goedicke
Luxemburg Puschkin Homer Mörike Musil
Machiavelli La Roche Horaz
Navarra Aurel Musset Kierkegaard Kraft Kraus
Nestroy Marie de France Lamprecht Kind Kirchhoff Hugo Moltke
Laotse Ipsen Liebknecht
Nietzsche Nansen Ringelnatz
Marx Lassalle Gorki Klett
von Ossietzky May Leibniz Irving
vom Stein Lawrence
Petalozzi Plat on Knigge
Sachs Pückler Michelangelo Kafka
Poe Kock
de Sade Praetorius Mistral Liebermann Korolenko
Zetkin

Der Karneval und die Somnambule

Aus den Memoiren eines Unbedeutenden

Karl (Leberecht) Immermann

Impressum

Autor: Karl (Leberecht) Immermann
Umschlagkonzept: toepferschumann, Berlin

Verlag: tradition GmbH, Hamburg
ISBN: 978-3-8424-0776-3
Printed in Germany

Ziel der TREDITION CLASSICS ist es, tausende deutsch- und
fremdsprachige Klassiker wieder in Buchform verfügbar zu
machen. Die Werke wurden eingescannt und digitalisiert. Dadurch
können etwaige Fehler nicht komplett ausgeschlossen werden.
Unsere Kooperationspartner und wir von tredition versuchen, die
Werke bestmöglich zu bearbeiten. Sollten Sie trotzdem einen Fehler
finden, bitten wir diesen zu entschuldigen. Die Rechtschreibung der
Originalausgabe wurde unverändert übernommen. Daher können
sich hinsichtlich der Schreibweise Widersprüche zu der heutigen
Rechtschreibung ergeben.

Karl Leberecht Immermann

Der Karneval und die Somnambule

Aus den Memoiren eines Unbedeutenden

Erzählung

(1830)

Der arme Schelm, aus dessen Papieren wir die folgenden Blätter mitteilen, gehörte zu den Leuten, aus denen andere nichts machen, weil sie selbst wenig aus sich machen. Er war der Meinung, daß in einer Zeit, welche Reiche entstehen und fallen sah, während ein Knabe kaum zum Manne wurde, das Schicksal eines einzelnen im Grunde nicht viel zu bedeuten habe. Es ist ihm zuweilen sehr übel gegangen; er fand aber immer bald den Ton der Gleichgültigkeit oder des Scherzes über sein Unglück; denn er mußte an die Schlachtfelder Europas denken und an die Völker, deren Gebeine auf ihnen bleichen.

Wir wollen dies weder loben noch tadeln, sondern die Leser nur bitten, sich durch den Ton seiner Reminiszenzen nicht täuschen zu lassen. Es folgt denselben so viel Herzeleid, als eine gefühlvolle deutsche Romanleserin wünschen kann, wenn der Held der Geschichte auch verschmäht hat, seine Schmerzen jammernd vorher zu verkündigen.

Ich bin von jeher ein großer Liebhaber alles Merkwürdigen gewesen, und wenn es mir nach meinen Wünschen im Leben gegangen wäre, so hätte ich die ägyptischen Pyramiden und den Niagarafall sehen müssen. Ich kam aber nicht bis zu diesen Wunderdingen, sondern blieb meistens auf die Wanderung um den runden Tisch meines Studierzimmers beschränkt. Als ich mich eben anschickte, wenigstens die Tour durch Frankreich und Italien zu machen, lernte ich meine nachherige Frau kennen, die mit ihrem Oheim gerade von Neapel über Rom, Mailand und Paris zurückkehrte. Ich wollte die Gelegenheit benutzen, mich aus ihrem Munde über so manches, was mir als einem gründlich Reisenden not tat, unterrichten zu lassen, und besuchte den Oheim und die Nichte täglich in den Abendstunden. Weiß der Himmel, wie es zuging – sie hatte noch nicht halb ihren Kursus vollendet, als ich mich schon ganz verliebt fühlte. Ich sagte ihr, was ich in mir entdeckt hatte. Sie lachte anfangs stark über mich – denn sie ist von sehr lustiger Gemütsart –; nachher lachte sie schwächer; späterhin lachte sie gar nicht, und endlich, als ich ihr sagte, ich würde sterben, wenn sie mich nicht erhörte, lachte sie wieder. Sie meinte, daß ich zwar wohl nicht sterben werde, wenn sie die Grausame bleibe, daß sie mir aber doch das Jawort geben wolle, weil das Heiraten in der Welt einmal hergebracht sei. So geriet ich, statt in fremde Länder, in den Ehestand. Das Reisegeld ging zur Einrichtung unserer Wirtschaft auf; alles, was ich von Frankreich und Italien weiß, habe ich aus Reisebeschreibungen und durch den mündlichen Unterricht meiner Frau.

Überhaupt hätte ich mehr in meinem Leben gesehen, wenn mir nicht zwei fatale Eigenschaften von den Kinderschuhen her anklebten. Ich bin, daß ich es nur gestehe, gar zu gründlich; mir machte ein Gegenstand keine Freude, wenn ich nicht, bevor ich mich ihm nähere, alles gelesen habe, was von andern über denselben geschrieben worden ist. Das möchte noch hingehn. Aber was schlimmer ist: jeder Stein unterwegs, jeder Strauch kann mich zerstreuen und vom Ziele ablenken. Ein geistreicher Franzose, mit dem ich mich über diese Sonderbarkeiten unterhielt, sagte lächelnd, daß ich darin nur meine Landsleute repräsentiere, die auch vor lauter Denken nie zu den Sachen gekommen seien und deren Verein auf dem Wege zu einer Nation sich bei allerhand italienischen und spanischen Steinen so lange verweilt habe, bis die rechte Zeit vorüber gewesen sei. Ich glaube aber, meine Nativität ist an dem Unheil schuld gewesen. Mein Vater, der Professor der alten Sprachen, beschäftigte sich gerade neun Monate vor meiner Geburt mit einer Abhandlung über sämtliche weniger bekannten Ausgaben des Horaz, und gerade in der Stunde, die mich der Welt bescherte, trat die Sonne in das Zeichen des Krebses. Was Wunder, daß die Theorie bei mir eine große Rolle gespielt und daß jenes Gestirn oft meinen Lebensgang regiert hat?

Dem sei nun, wie ihm wolle: mir ist zuweilen unter solchen Umständen etwas recht Ärgerliches begegnet. Meine Frau, die ich auf dem Wege nach Italien fand, lasse ich gelten; ich liebte sie herzlich, als ich sie nahm. Aber wie ging es mir mit dem berühmten Eßlair? Dieser große Künstler kam in unsre Stadt; Wallenstein war für den Abend angekündigt. Ich freute mich wie ein Kind, endlich einmal wieder aus würdigem Munde den goldenen Strom der Poesie rauschen hören zu dürfen. Dieser Abend, dachte ich, soll dir manches Dilettantenkonzert und viele gesellige Lustbarkeiten überstehen helfen. Unglücklicherweise fällt mir nachmittags vier Uhr ein, daß Tieck in seinen dramaturgischen Blättern über den Künstler gesprochen hat. Ich greife nach dem Platze des Buchs – es ist nicht da. Ich erinnere mich, es an Freund Emil verliehen zu haben. Der Bediente ward zu ihm gesandt und bringt nach drei Viertelstunden ein Billett: ich möge mich nur erinnern, daß ich das Verlangen schon vor drei Tagen zurückempfangen habe. Richtig – ich erinnere mich jetzt des Umstandes. Von neuem durchsuche ich das ganze ästhetische Fach und bemerke einige juristische Dissertationen, die sich höchst unberufenerweise in das Gebiet des Schönen geschlichen hatten. Diese waren zuvörderst an die ihnen gebührende Stelle zu bringen. Kein Tieck wird sichtbar. Doch finde ich Engels Mimik und kann mich nicht enthalten, einige Seiten über den Ausdruck des Pathetischen und der Leidenschaft darin nachzulesen. Bei der Leidenschaft fällt mir das Werk des Professor Maaß von den Leidenschaften ein; ich steige zu den Philosophen empor und hole mir das Buch, um eine Parallelstelle zu vergleichen. So bin ich vertieft in Engel und Maaß, als ich zufällig in die Tasche greife und ein Büchlein darin fühle. Ich ziehe den Fund heraus – was habe ich in der Hand? Tiecks dramaturgische Blätter. Ich hatte sie zu mir gesteckt, als ich meinen Freund vorgestern verließ.

Jetzt will ich lesen; mein Blick fällt auf die Uhr, zum größten Schreck sehe ich, daß es schon halb sieben Uhr abends ist. Ich greife zu Hut und Stock, eile auf die Straße, dem Theater zu, welches ziemlich weit von meiner Wohnung liegt. In der Nähe des Gebäudes strömt mir ein Zug Rückkehrender entgegen. Ich rudere hindurch zur Kasse; da zeigt der Kassierer auf den leeren Fleck vor ihm. Sämtliche Billetts sind vergeben; wenn ich vor einer halben Stunde gekommen wäre, meint der Mann, hätte er mir noch allenfalls einen Platz im zweiten Range verschaffen können. – Ich habe Eßlair nicht zu sehen bekommen; er reiste am folgenden Morgen wieder ab.

Zu einer andern Zeit schrieb mir ein hoher Gönner aus Frankfurt am Main, eröffnete mir die Aussicht zu einer glänzenden diplomatischen Karriere und gebot mir, am bestimmten Tage in der Bundesstadt zu sein, weil an demselben der Minister dort eintreffen werde, dem er mich empfehlen, mich vorstellen wolle. Ich hatte immer mit Leidenschaft mich in jenes Fach gewünscht; ich glaubte dazu geboren zu sein. Die Welt und ihre Verhältnisse als Stellvertreter der Fürsten kennenzulernen – das erschien mir in gewisser Hinsicht wie ein Abglanz des fürstlichen Daseins selbst. Freudig reiste ich ab, den Koffer voll politischer Werke; mein Weg führte über Ems. Dort wollte ich nur eine Nacht verweilen, lernte aber unglücklicherweise ein Frauenzimmer keimen, von dem in diesem Abschnitte leider noch öfter die Rede sein wird, und blieb drei Tage an der Lahn. Als ich in Frankfurt ankam, war alles zu spät: der Minister war abgereist; mein Gönner empfing mich mit Kälte. Er zeigte sich befremdet über die Nichtachtung seines Worts. Das verhängnisvolle Abenteuer unterwegs hatte mir den Pfad zur Größe verschüttet: ich bin nicht Diplomat geworden. Das geschah, ehe meine Frau mir Unterricht über Italien und Frankreich gab.

So ist es mir hundertmal gegangen. Ich kam fast nie zu dem, was ich erreichen wollte. Ein alter akademischer Bruder nannte mich deshalb den Virtuosen im Quängeln. Weiß ich doch nicht einmal, ob ich in diesem Abschnitte meiner sogenannten Denkwürdigkeiten erzählen werde, was ich zu erzählen mir vorgesetzt hatte! Ich wollte nämlich den Kölnischen Karneval schildern, oder vielmehr, ich wollte berichten, was mir bei Gelegenheit desselben begegnete; denn von dem Karneval selbst habe ich auch nichts gesehen. Und wirklich stände wohl nichts im Wege, jetzt zur Sache zu kommen.

Unser deutsches Fest unterscheidet sich von dem römischen und venetianischen bekanntlich darin, daß wir nicht wie die Leute im Süden das Entstehen des Scherzes einem blinden Ungefähr überlassen, sondern denselben gehörig vorbereiten und nach einem gewissen Systeme erziehen. Wenn es in jener berühmten Schilderung der italienischen Freude heißt, daß mit dem Glockenschlage vom Capitol herab die Erlaubnis gegeben werde, unter freiem Himmel töricht zu sein, so klingt das zwar recht hübsch. Und für Leute ohne Nachdenken mag diese Art und Weise sich passen. Wir aber haben die Idee des Festes ernsthafter oder, wie man jetzt zu sagen pflegt, tiefer und großartiger aufgefaßt.

Ein festordnendes Komitee wird lange vor den Faschingstagen ernannt; Generalversammlungen und Spezialausschüsse bestimmen, welche Scherze im allgemeinen und welche im besonderen gemacht werden sollen; eine eigene Karnevalszeitung erscheint in verschiedenen Nummern und hat einen verantwortlichen Redakteur – kurz, nichts unterbleibt, was der Sache eine gewisse Konsistenz und Konsequenz geben kann. Die alte tolle Stadt Köln, wie sie sich selbst in jener Periode nennt, schickt sich zu ihrer Unvernunft mit Überlegung an und verschmäht es, wie ein unbesonner Backfisch von sechzehn Jahren blind hineinzuspringen.

Ich wollte im Jahr ... denn auch hinreisen. Ich sagte meiner Frau den Vorsatz, und diese versetzte: «Nun wohl, so reise nach Köln!» – «Mein Kind», erwiderte ich, «das ist leicht gesagt; aber dazu gehört eine ernste Vorbereitung.» – «Zu Possen?» fragte sie lachend. – «Allerdings!» antwortete ich.

Sogleich ließ ich mir die Beschreibung der früheren Jahre holen; denn es fehlt nicht an Schriften, welche das Vorgekommene aufbewahren, damit ja nichts verlorengeht. Ich erfuhr aus denselben, daß die Prinzessin Venetia unsern Helden besucht habe und daß der Held späterhin nach dem Monde verreist sei. Auch daß man Goethe eingeladen habe, daß der Dichter aber nicht gekommen sei. Ferner, daß die Sache ihresgleichen suche an Genialität und Überschwenglichkeit der Laune. Endlich: daß Bestevader der Pantalon, Hänneschen der Harlekin von Köln sei und daß die alte Stadttruppe, die Funkengarde, etwas weitläufige Röcke trage.

Mit diesen Vorkenntnissen machte ich mich an das Studium der Faschingszeitung, die in elf Nummern vor dem Feste herauskam. Ich ersah daraus, daß man alle Narren der Welt zu einem großen Narrentage zusammenberufen wolle. Viele Anspielungen blieben mir aber dunkel. Ich glaube, ein fortlaufender erklärender Kommentar zu den Scherzen jener Zeitung würde sehr zweckmäßig sein.

Noch am letzten Abend vor der Abreise saß ich im Lampenlichte meines Arbeitszimmers und las an der letzten Nummer. Meine Frau trat herein, sah mir über die Schulter und sprach: «Verdirb doch die Zeit nicht mit dem dummen Zeuge!» Ich wußte nicht, was sie wollte. «Das viele Reden und Plaudern von einem Schwanke ist mir ganz unausstehlich», sagte sie. «Ich weiß gar nicht, wie die Leute darauf kommen, sich ihrer Fröhlichkeit halber zu rühmen und das gar drucken zu lassen. Mir wird immer weinerlich zumute, wenn ich jemanden sagen höre: Morgen will ich recht ausgelassen lustig sein.» – «Ihr Frauen habt überhaupt keinen Sinn für dergleichen!» fiel ich ihr ins Wort. – «Das mag wohl sein», erwiderte sie. «Indessen...» Sie wollte etwas hinzusetzen, ein spöttisches Lächeln schwebte um ihre Lippen; sie stockte und sagte dann: «Wer Lust hat, Geckenstreiche zu treiben, nun, der treibe sie! Wer sie aber nicht aus dem Stegreife machen kann, der täte besser, wie ich meine, in den letzten Tagen vor dem Aschermittwoch auch gesetzt und vernünftig zu bleiben, wie er es vorher war und nachher ist. Du kannst nicht glauben, wie sonderbar einem euer pedantisches Vergnügen vorkommt, wenn man den Spektakel in Italien hat mitansehen müssen.»

«Wir sind nun aber in Deutschland», rief ich aus, «und wir leben im Zeitalter des Bewußtseins. Auch die Laune will sich selber anschauen, sich mit Klarheit genießen, sich... wie soll ich sagen? sich...»

«Nun...» fragte sie lächelnd.

«Sich... Liebes Kind, es ist schwer darüber zu reden. Aber glaube mir, es ist so, wie ich es meine, und alle unsre klugen Leute sind darüber einverstanden.»

Sie nahm das Blatt der Zeitung, über die wir stritten, in die Hand und rief auf einmal, aus demselben zu mir aufsehend: «Hm! Was steht denn hier? Lies doch!» – Ich las unter den vermischten Anzeigen folgende:

«Die interessantesten Erinnerungen vom Felsen Bäderley bei Ems erwarten einen Mann

von Geist und Gefühl am Fastnachtsabend vor
dem großen Ballsaale.»

Ich stand stumm und starr vor Schreck – Erstaunen – geheime
Freude. Die Anzeige ging mich an; sie bezog sich auf mein Emser
Abenteuer. Eine Unbekannte, deren Andenken der Ehestand keineswegs ganz vertilgt hatte, gab mir ein Zeichen – unbegreiflich!
Wie hatte sie voraussetzen können, daß ich gerade dieses Blatt lesen
würde? Eine Fülle trauriger und zärtlicher Bilder gaukelte vor meinem Geiste. Ich wünschte allein zu sein; in Gegenwart einer Gattin
kann man sich gewissen Erinnerungen nicht mit Unbefangenheit
hingeben. Meine Frau ging aber nicht, sondern schloß das Pult auf,
kramte unter den darin liegenden Heften, zog ein vollgeschriebenes
Buch hervor, legte es auf den Tisch und sagte, mit dem Finger auf
eine Seite deutend: «Ich will dir Gesellschaft leisten; du wirst als
höflicher Gemahl mich unterhalten.»

Es war mein Gedenkbuch, was vor mir lag; es war der verfäng-
lichste Abschnitt, den sie aufgeschlagen hatte. Ich stotterte: «Wenn
du glauben könntest, daß irgendeine Verabredung mit jener Unbekannten...»

«... Zu einem Rendezvous gemacht wäre? – Ich glaube es halb
und halb. Woher weiß sie, daß du hinkommst? Ich habe so oft die
fatale Geschichte in Ausrufungen und Bruchstücken von dir vernehmen müssen. Ich will sie einmal ganz und vollständig hören.
Eine Frau muß euch Männern vieles hingehen lassen. Beichte vollständig! Es ist das einzige Mittel, den aufsteigenden Sturm zu beschwören. Ich will dir glauben, daß du von jener Anzeige nichts
weißt, wenn du mir unbefangen erzählst, wie weit es zwischen euch
gekommen ist.»

Ich war so verlegen, wie es ein Mann von Geist und Gefühl nur
sein kann. Tausend Konjekturen durchkreuzten sich in meinem
Kopfe. Ach, hätte ich weniger Geist und etwas mehr gesunden
Menschenverstand gehabt, ich glaube, ich wäre nicht so vernagelt
gewesen. Ich wußte mir durchaus nicht zu helfen. Sie saß schon mit
ihrer Arbeit mir gegenüber. Ich bat sie, sich wenigstens so zu setzen,
daß ich ihr nicht ins Gesicht zu sehen brauche. Als sie das getan
hatte, begann ich mit halber Stimme aus meinem Tagebuche zu
lesen.

Drei Tage in Ems:

Als ich, eben auf dem Zimmer meines Gasthofs angelangt, mir den Reisestaub abschüttelte, meine Sachen ordnete und die Schatulle in die Kommode schloß, erzählte mir der Kellner mit großer Geläufigkeit von den Neuigkeiten der Saison und nannte mir die Prinzen, Fürsten und Grafen her, welche sich um die Quelle versammelt hatten. Ich hörte im Nebenzimmer seufzen und fragte den Burschen, wer da wohne. – «Die Somnambule», flüsterte er mit geheimnisvoller Miene und sprang zur Stube hinaus, weil unten die Klingel neue Gäste verkündete.

Die Somnambule? Ich hatte mit Interesse die Schriften über den Magnetismus gelesen, war indessen noch nie selbst in den Kreis jener Erscheinungen gedrungen, die, wie alles Geheimnisvolle, mich sehr anzogen. Ich horchte noch einige Male, ob nebenan wieder etwas laut werden wolle; jedoch vergebens. Um den Abend hinzubringen, ließ ich mir einen Esel vorführen, wie sie in großen Herden dort zu Spazierritten gehalten werden, und zuckelte gemächlich auf meinem Tiere die Felsen an der Lahn in die Höhe. Oben auf einer wildwüsten Felsenplatte, von welcher ich zerklüftetes Gestein bis ins Tal verworren hinuntersteigen sah, hielt ich an und fragte meinen Treiber, wie dieser Ort heiße. «Die Bäderley», versetzte er. Ich versenkte mich in die Gedanken, welche diese umbuschte Einsamkeit in mir hervorrief; mein Blick sank zu den düsterumstarrten Gründen hinab, in welchen die Natur ihre Heilwunder bereitet. Schon hatte sich das Tal vor den Strahlen der Abendsonne zugeschlossen; nur zu meiner Höhe drang noch ihr graurötliches Licht.

Ich hörte Geräusch und Menschenstimmen hinter mir. Mich umwendend, sah ich Gesellschaft durch die Sträucher heraufklimmen. Eine Dame, ein Herr, beritten gleich mir, neben ihnen die Treiber in ihren blauen Kitteln. Ich trat unwillkürlich dem Zuge einen Schritt näher. Die Dame schlug die Augen auf; sie schien mich erst jetzt zu erblicken, und mit dem ängstlich-heimlichen Rufe: «Da steht er!» warf sie sich von ihrem Tiere und verschwand für einen Augenblick hinter dem vorragenden Felsen. Ich hörte die Stimme ihres Begleiters, der sie zu trösten, zu beruhigen strebte. – «Fassen Sie sich, Comtesse!» sagte er. «Das Mysterium behält recht: er ist der Bestimmte. Sie sehen, er trägt einen blauen Frack und gestreifte Pantalons.» Ich merkte, daß von mir die Rede war; wirklich trug ich einen blauen Frack und Pantalons von graugestreiftem Gingham.

Neugierig auf das, was folgen möchte, stand ich da. Der Begleiter kam auf die Platte und redete mich so an: «Wollen Sie wohl die Gefälligkeit haben, der Dame, die bei Ihrem Anblicke so betroffen ist, einen kleinen Dienst zu erweisen? Sie helfen einer Leidenden, die vielleicht nur durch Ihre Güte hergestellt werden kann.» Ich bejahte erstaunt, und er fuhr fort. «Dann ist keine Zeit zu verlieren. Wir haben gerade acht Uhr; das ist die bestimmte Stunde.» Er ging und kehrte gleich darauf mit der Dame zurück, sie am Arme führend. Ich sah eine volle, hohe Gestalt; ich sah in zwei dunkle, brennende Augen. Sie zog einen Kurbecher aus ihrem Korbe und sprach mit einer Stimme, die zwischen Furcht und Kühnheit schwankte: «Haben Sie die Güte, mein Herr, mir diesen Becher aus der Felsenquelle zu füllen!» – «Es ist kein Wasser in der Nähe», versetzte ich, mich umblickend. – «Doch!» rief mein Blaukittel. «Dort unter den Klippen quillt es.» Er wollte den Becher nehmen. «Nein», sagte die Dame, «dieser Herr ist der einzige, der mir den Trunk schöpfen darf.» Ich empfing mechanisch das Gefäß aus ihrer Hand, klimmte nach dem Orte, den mir der Treiber wies, und fand unter überhängendem Gestein und Farrenkraut den hellsten, kältesten Bergsprudel. Unten in der Spalte glitschte ich aus und zerschnitt mir an einem glasscharfen Quarze den Ballen der linken Hand. Die Dame, welche sich über die Höhe gelehnt hatte, sah mein Blut fließen. Bei diesem Anblicke schrie sie laut auf. «Seien Sie außer Sorgen!» rief ich ihr zu. «Im Dienste der Damen muß man auch wohl noch mehr Blut vergießen können, als hier fließt.» Ich trat ernsthaft und langsam, um nichts zu verschütten, mit dem gefüllten Glase zu ihr, und selbst nicht wissend, was die ganze Sache bedeute, um nur etwas zu sagen, redete ich sie so an: «Wenn guter Wille und Wünsche zu heilen vermögen, so müssen Sie bald hergestellt sein. Sie sehen nicht aus wie eine Kranke; indessen gibt es freilich geheime Schmerzen, die kein Dritter wahrnimmt. Also» – fügte ich lächelnd hinzu – «auf baldige Besserung!» Die Dame empfing den Trunk sonderbar bewegt, wie es schien, von meinen unbedeutenden Worten, und sprach halb in sich hinein: «Ja, auf baldige Besserung, auf augenblickliche!», leerte das Glas und schritt zu ihrem Tiere. Ihr Begleiter machte mir, ohne ein Wort zu sagen, eine höfliche leichte

Verbeugung, hob die Schöne in den Sitz, schwang sich selbst auf. Die Treiber klatschten, und der Zug schwankte den Steg hinunter, auf dem er gekommen war.

Man darf sich wohl etwas wundern, wenn ein Frauenzimmer schroffe Felsen besteigt, bloß um sich von einem Fremden ein Glas Wasser schöpfen zu lassen. Ich fragte meinen Jungen, ob er die Dame kenne. Er versetzte, sie sei eine polnische Gräfin; den Namen könne er nicht aussprechen. «Sie spricht im Schlaf», fügte er hinzu, «sieht, was auf zehn Meilen in der Runde geschieht, und liest Briefe mit zugemachten Augen. Es ist die neumodige Krankheit. Der Herr bei ihr ist der Doktor, der ihr die Hand auflegt.» – «Also die Somnambule und ihr Magnetiseur!» rief ich aus. In diesem Augenblicke wurde ihre Gestalt an einer Beugung des Felsenpfades mir wieder sichtbar. Sie hielt ihr Tuch vor den Augen. Gespannt auf die Entwicklung dieses Abenteuers ritt ich heim.

Unten im Flur fragte mich der Kellner, ob ich an der Table d'hôte speisen werde; einer der Gäste habe sich nach mir erkundigt. Ich ließ mich an die Tafel und zu diesem Gaste führen und fand niemand anders als den Arzt vom Felsen. Ich nahm an seiner Seite Platz. Ein Gespräch entspann sich zwischen uns, aber nicht das, welches ich wünschte; der Fremde hielt es, wie geflissentlich, bei den allgemeinsten Gegenständen fest. Und doch hatte er sich nach mir erkundigt! Es schien mithin, als habe er mir etwas vertrauen wollen. Meine Neugier, meine Ungeduld wuchs; endlich fuhr ich heraus: «Sie werden es natürlich finden, mein Herr, daß ich gern wissen möchte, warum ich Ihrer Dame heute Wasser schöpfen mußte. Darf ich, ohne eine Indiskretion zu begehen, Sie um eine Antwort auf diese Frage bitten?»

Der Arzt bedachte sich eine Weile und sagte dann: «Hier unter dem Geklapper der Teller und bei dem Geschwätze einer Wirtstafel möchte nicht der Ort sein, von den zartesten Wundern der Welt zu reden. Indessen will ich Ihnen gern sagen, was ich sagen kann. Wenn ich Sie nachher auf Ihr Zimmer begleiten darf, erfülle ich gern Ihren Wunsch. Nur», setzte er lächelnd hinzu, «geben Sie von vornherein auf, begreifen zu wollen! Hier hat unsre Weisheit ein Ende.» – Ich sagte ihm das zu. Er fragte mich nun um meine Meinung vom Magnetismus und von allen den sonderbaren Entdeckungen, die seit einigen Dezennien die Aufmerksamkeit der Sinnenden in hohem Grade erregt haben. Ich sprach, wie ich wirklich dachte, daß ich dem Zeugnis der bewährtesten Forscher vertraue und daß mir manches in den Mysterien der Alten, in den Wundern unserer Tradition, was ich nur ungern als Täuschung oder Trug betrachtet habe, durch den Magnetismus bestätigt und verbürgt erscheine. Ich stellte mich noch gläubiger, als ich im Grunde war, um ihn nur recht zutraulich zu machen. Er schien mit dem Katecheten zufrieden zu sein. «In zwei Minuten bin. ich bei Ihnen!» rief er, als wir vom Tische aufstanden.

Die Türe meines Zimmers öffnete sich, und herein trat der Magnetiseur, ganz eingehüllt in einen weiten, rot ausgefütterten Carbonaro. Ich stutzte; wie ward mir aber, als er den Mantel zurückschlug und ich die Dinge sah, die er unter demselben verborgen trug! Schweigend breitete er einen schwarzen Teppich über den Tisch, stellte die Kerzen in gemessener Entfernung voneinander, legte zwei Degen zwischen die Kerzen und setzte einen Totenkopf auf den Punkt, wo die Klingen sich durchschnitten. Dann trat er hinter den Tisch und hob mit Feierlichkeit an: «Ich pflege jedem, den ich für würdig halte, einen Blick in das Heiligtum des Lebens tun zu lassen, zuvor den Eid der Verschwiegenheit abzunehmen. Auch Sie, mein Herr, muß ich ersuchen, sich dieser Regel zu unterwerfen. Unzählige Irrtümer, Verdrehungen und Mißbräuche wären unterblieben, wenn man dasjenige, was nur unter Vertrauten und in der größten Sammlung des Gemüts besprochen werden darf, nicht an das grelle Licht des Tages, nicht in die Flut eines frivolen Geklätsches gerissen hätte. Durch diese Entweihung ist es der Fratze möglich geworden, in den Tempel zu dringen: durch sie haben Betrüger die Mittel gewonnen, das Werk der Finsternis unter dem Scheine des Lichts zu treiben...»

Bei diesen Worten erhob sich im Nebenzimmer ein leises, aber heftiges Weinen. Der Magnetiseur horchte auf, schien betroffen zu sein, sammelte sich aber sogleich und fuhr mit fester Stimme fort: «Schwören Sie, mein Herr, keinem Unberufenen etwas von dem zu entdecken, was Sie sogleich hören werden! Schwören Sie auf dieses

Symbol des Todes, und Schwerter, scharf wie die, welche Sie vor sich sehen, mögen den Busen des Eidbrüchigen durchschneiden!» Ich fand freilich, daß in der ganzen Zeremonie etwas wie Rosenkreuzerei, Geisterbannen oder Scharlatanterie steckte; indessen dachte ich: «Klingeln gehört zum Handwerk!» – legte die Finger auf den Totenschädel und gelobte Verschwiegenheit. Ich bat ihn darauf, Platz zu nehmen; er setzte sich hinter die Kerzen und sein Gerät und erzählte mir folgendes.

«Gräfin Sidonie, von Jugend auf zart und reizbar, litt seit den Entwicklungsjahren an den heftigsten Nervenübeln...»

«Entschuldigen Sie, daß ich Sie unterbreche!» sagte ich. «Die Dame hat ja die blühendste, gesündeste Farbe.»

«Und ich wiederhole Ihnen», fuhr der Arzt in einem etwas imponierenden Tone fort, «daß sie an Nervenübeln leidet, welche ihre Konstitution in den innersten Fasern angegriffen haben. Man wandte alle möglichen Mittel an – vergebens. Endlich verfiel man auf den Magnetismus; aber keiner der umgebenden Ärzte vermochte sich mit ihr in Rapport zu setzen. Das seltsamste Verhängnis muß mich auf das Schloß ihrer Eltern führen; ich sehe sie, ich versuche den Strich – siehe da, der Zustand tritt ein. Was hierauf folgte, wie sie von Stufe zu Stufe bis zum eigentlichen Hellsehen emporstieg, übergehe ich; es waren nur die Erscheinungen, die Sie schon aus Schriften kennen. Sie verordnet sich endlich das Wasser von Ems; ich reise mit ihr hierher.

Hier angekommen, beginnt sie, den Brunnen zu trinken. Aber sonderbar, statt der Heilung nehme ich Rückschritte wahr. Meine ganze Theorie über Untrüglichkeit somnambuler Anschauungen beginnt zu wanken. Sidonie verfällt in die höchste Abspannung, in eine bedenkliche Dumpfheit. Der Schlaf stellt sich intermittierend, gestört ein; sie scheint von der Höhe der inneren Beschauung herabgesunken zu sein. – ‹Alle die Quellen, zu denen die andern gehen, helfen mir nicht!› ruft sie mehrmals mit Leidenschaft in ihren Paroxismen aus. Aber was ihr helfen könne – sie vermag es nicht anzugeben. Endlich, gerade heute vor acht Tagen, ist es, als ob ihr Wesen wieder zu hellerer Klarheit emporgehoben würde. Mit freudigen Mienen, den Kopf sanft wiegend, sagt sie: ‹O welch ein schönes Wasser!› – ‹Was für ein Wasser?› frage ich. – ‹Das da oben auf der Bäderley springt!› erwidert sie. ‹Das und nur das allein heilt mich. Es sind heimliche Sachen darin. Geht und laßt mir einen Krug füllen! – Nein›, unterbricht sie sich lebhaft, ‹nein, er muß das Wasser mir schöpfen!› – ‹Wer?› – Und nun erzählt sie, sie sehe einen Mann, den sie nach Statur und Kleidung beschreibt, wie Sie, mein Herr, leibhaftig vor mir sitzen, auf der Spitze der Bäderley; dieser reiche ihr einen Trunk Wasser aus dem Felsenquell – dieses Wasser, gereicht von der Hand des Mannes, werde sie herstellen – der Mann sei ihr Retter und seine Gabe das Rettungsmittel. Ich frage nach Tag und Stunde. Sie gibt mir den heutigen Tag und die achte Abendstunde an.

Sie können sich nun denken, mein Herr, mit welchem Herzklopfen ich dem Augenblicke entgegensah, der über die Wahrheit dieser wunderbaren Vision entscheiden sollte. Um Ihnen von der Deutlichkeit ihrer Anschauungen einen Begriff zu geben, muß ich noch hinzufügen, daß sie sogar den Treiber und seinen Esel oben auf dem Felsen bei ihrem Retter erblickte. Wir machen uns heute auf; stillschweigend, unter fiebernder Erwartung erklimmen wir die Höhe – unten im Tale schlägt es acht, die oberste Platte wird sichtbar, und – was weiter geschah, ist Ihnen bekannt.»

Hier sprang ich auf und rief: «Kaltes Wasser eine Arznei! Wahrsagung! Bäderley! Ich ihr Retter, der sie nie sah, nie etwas von ihr hörte, der zufällig hier ankommt! Was soll ich davon denken? Täuschen Sie mich? Wollen Sie mich aufziehen?»

«Es steht Ihnen ja frei, von diesen Dingen zu halten, was Sie wollen», versetzte der Arzt sehr kaltblütig. «Daß ich keinen Propheten meiner Lehre aus Ihnen machen will, beweise Ihnen die Bitte, die ich an Sie richte, sich Ihres Schwures gewissenhaft eingedenk zu halten!»

Er packte sein Gerät zusammen und schien Abschied nehmen zu wollen. Ich ergriff ihn bei der Hand. «Bleiben Sie noch einige Augenblicke!» rief ich leidenschaftlich. «Lassen Sie mich nicht in dem Dunkel, wohinein mich diese mystischen Eröffnungen gestoßen haben! Erklären Sie mir die Sache! Ich frage mit den Worten Luthers: ‹Wie kann Wasser so große Dinge tun?› In welchem Zusammenhange soll meine Handreichung mit der Herstellung jener Dame sein?»

«Und wenn nun», versetzte er, «jenes Wasser verborgene Kräfte besäße, die unsere wachen Sinne zu entdecken nur nicht fein genug wären? Ist es der Scheidekunst schon gelungen, die gewöhnlichen Mineralquellen vollständig zu entziffern? Bleibt nicht ein unbekanntes Etwas in ihnen übrig, was keine Kunst nachmachen kann? Uns scheint jenes Wasser von der Bäderley gewöhnliches Wasser; die heilige Ekstase der Somnambule, vor der es nichts Verborgenes gibt, muß doch wohl noch etwas anderes darin sehen. Ich erinnere mich, sie sah es gelbrötlich leuchten. Es ist wahr, bis jetzt nahm man an, der geheime geistige und körperliche Bezug werde nur durch die magnetische Berührung, werde nur zwischen dem Magnetiseur und der Magnetisierten hervorgebracht. Hier entdeckt sich nun etwas anderes. Ein Dritter, ein Fremder, tritt in den Zauberkreis; der innigste Rapport scheint ihn an diesen Kreis, an die Person, welche in dem Mittelpunkte des Kreises sich befindet, zu knüpfen. Von seiner Hand berührt, wird das Wasser wohltätig. Was verwundern wir uns über ein Wunder mehr – mitten in einem Gebiete, welches uns, so wie wir es betreten, mit Wundern überschüttet? Haben wir die Grenzen dieses Königreiches der Nacht schon ausgemessen? Ich kann nicht verlangen, mein Herr, daß Sie einer Fremden Ihre Zeit opfern sollen; aber meinen Glauben muß ich aussprechen, daß Ihre Nähe wahrscheinlich überaus vorteilhaft wirken würde. Können Sie nicht einige Tage hier verweilen?»

Ich wußte nicht, was ich antworten sollte. Übermorgen war der Tag, zu welchem mich mein Gönner nach Frankfurt beschieden hatte. Ich sagte dem Arzte den morgigen Tag zu. «Das ist freilich nicht viel», versetzte er. Ich bat ihn, mich während eines Paroxismus zu seiner Kranken gelangen zu lassen. Er entdeckte mir, daß sie am folgenden Tage vormittags elf Uhr einschlafen werde; so habe sie es vorher gesagt, und mir solle werden, was ich erbeten habe.

Ich habe in der folgenden Nacht wenig geschlafen. Aus unruhigem Morgenschlummer durch das Tageslicht emporgeschreckt, glaubte ich geträumt zu haben, und als ich auf meinen Füßen stand und als ich mich der Wirklichkeit dessen, was ich erlebt hatte, erinnerte, löste sich mir die Wirklichkeit in einen Traum auf. Ein Lohnkutscher meldete sich, der mich nach Frankfurt fahren wollte; ich hieß ihn seines Weges gehn. Ich wollte, ich mußte heute noch in Ems bleiben; ich mußte mich ihr nahen, sie sehen, sprechen; meine Einbildungskraft war von nichts erfüllt als von ihrem Bilde. Sollte ich mich ihr anmelden lassen? Dann lehnte sie vielleicht meinen Besuch ab. Mein Verlangen war zu heftig; ich wagte es auf ihren Unwillen hin, die Form zu verletzen. Nachdem ich die Galakleider, die eigentlich bis Frankfurt hatten im Mantelsack bleiben sollen, hervorgeholt und vor dem Spiegel eine Toilette gemacht hatte, die, ich muß gestehen, sorgfältiger ausfiel als gewöhnlich, schritt ich beklommen über den Gang zu ihrer Türe. Ich horchte: Niemand sprach, sie war allein. Ich klopfte: «Herein!» rief die mir von gestern bekannte melodische Stimme.

Die Schöne saß morgenhaft leicht gekleidet im Sofa. Sie erschrak, und meine Verlegenheit wurde durch ihren Anblick nicht geringer. «Wie kommt es, mein Herr...?» sagte sie errötend; das Weitere erstarb ihr im Munde. Sie hatte sich erhoben – wir standen einander schweigend gegenüber. Endlich gelang es mir, mich zu fassen und Worte zu finden, die mir gut und schicklich zu sein schienen. «Eine Kühnheit kann hier nur durch die andere gerechtfertigt werden», rief ich aus. «Lassen Sie mich Ihnen sagen, Gräfin, daß ich alles weiß! Steht mein Wesen zu dem Ihrigen in dem wunderbaren Verhältnisse, von dem mir Ihr Arzt erzählt hat, so wird Sie meine Offenheit nicht beleidigen. Vielleicht bin ich ungeschickt in dem, was ich vorbringe; wenn Sie aber dem einfachen Worte eines arglosen Mannes vertrauen wollen, so glauben Sie, daß Sie mir einen schnellen und aufrichtigen Anteil an Ihrem Schicksale abgewonnen haben!»

Sie schien von der Wärme, mit der ich redete, tief ergriffen zu sein. Eine Träne trat in ihr Auge; sie blickte mich lange wie in großer Trauer an; dann sagte sie: «Ja, mein Herr, ich bin eine Kranke, und Heilung tut mir not. Wie aber diese finden, wenn eine fremde Gewalt unsern Mund verschließt, daß wir den Sitz des Übels nicht offenbaren dürfen? O glauben Sie mir, ich bin sehr unglücklich!» Mein Interesse an dieser sonderbaren Dame wuchs mit jedem Augenblicke; ich sagte ihr das Treuherzigste, was ich wußte; ich suchte alle Tröstungen zusammen, die man ohne Kenntnis des besondern Falls aufbringen kann. Es kam mir vor, als ob meine Worte sie etwas beruhigten; ich bat sie, mir zu erlauben, daß ich noch bei ihr verweilen dürfe. Sie gab es zu, nötigte mich aber nicht zum Sitzen; eine innere heftige Bewegung schien sie, daß ich mich des Ausdrucks bediene, vergehen zu wollen; denn sie wanderte mit mir im Zimmer auf und ab. Es kam eine Art von Gespräch zustande; sie zwang sich, von allgemeinen Dingen zu reden. Ich mußte die Feinheit ihres Urteils, die Wahl ihrer Worte bewundern. Und doch war sie mir, leidenschaftlich aufgeregt, noch anziehender vorgekommen, und doch suchte ich, aus Torheit oder Selbstsucht, die Unterredung wieder auf das Thema ihrer Person zurückzuspielen. «Leiden Sie schon lange?» fragte ich voll Teilnahme. – «Schon lange war ich beklagenswert», versetzte sie; «seit gestern bin ich elend!» Sie bereute diese Worte, sobald sie dieselben hervorgestoßen hatte. Sie wollte mich glauben machen, daß ihr Nervenübel sie gestern mit verdoppelter Stärke angefallen und daß die Schmerzen sie heute noch nicht verlassen hätten. Ich ließ diese Auslegung gelten; der Himmel vergebe mir die andere, welche ich mir im stillen machte! Sidonie war so schön. – Meine Lippen bebten, mir wurde sehr warm. Ich war im Begriff, eine Albernheit zu begehn, als sie auf einmal, mit beiden Händen die meinigen ergreifend, niedergeschlagenen Blicks zu mir sagte: «Ich lese in Ihrer Seele! Aber ich bitte Sie, machen Sie eine Ausnahme von Ihrem Geschlechte: sein Sie kein roher, eitler Mann! Ich gestehe Ihnen, unser gestriges Zusammentreffen hat entschiedenen Einfluß auf mich geübt. Aber bei der Tugend Ihrer Mutter, lassen Sie alle törichten Einbildungen fahren! Ist es wahr, darf ich glauben, daß ein rasches Gefühl der Freundschaft Sie zu mir hingezogen hat, oh, so achten Sie auf das Wort einer Freundin! Bestellen Sie in dieser Stunde, in diesem Augenblicke Postpferde! Fliehen Sie meine Nähe, die Ihnen verderblich ist! Niemand tritt zu seinem Heile in meinen Kreis.»

Ehe ich noch etwas auf diese unerwartete Anrede versetzen konnte, war die Tür aufgegangen und der Arzt eingetreten. Sidonie riß ihre Hände aus den meinigen los und warf sich mit einem Schrei des Entsetzens in den Sofa. Der Arzt warf einen Blick, den man wirklich durchbohrend nennen konnte, auf die Leidende; dann strich er sich mit der Hand über die Stirn und erschien nun als ein verwandelter Mensch. Im sanftesten höflichsten Welttone wandte er sich zu der Armen, die vernichtet im Sofa lag, und sagte: «Wie oft habe ich Sie gebeten, teure Gräfin, sich nicht so haltungslos krampfhaften Empfindungen hinzugeben! Was soll unter solchen Stürmen aus unsrer Kur werden?» Er ging zu ihr, beugte sich über sie hinab und flüsterte ihr einige Worte ins Ohr. Sie sträubte sich, unter ihm schaudernd, wie ein gequälter Wurm; dann erhob sie sich und wankte, schlotternd, als ob keine Muskel ihre Kraft behalten hätte, bleich, die Augen zwei Tränenbäche, am Tisch, an der Wand sich stützend, langsam aus dem Zimmer.

Als wir allein waren, sagte der Arzt: «Zweifeln Sie noch, daß die Dame an den Nerven leidet?» – «Sie sieht eher aus wie eine Verzweifelnde!» rief ich heftig. Er, ohne auf meine Worte zu achten, ließ seine Uhr repetieren und sagte gleichgültig: «Elf! Wie ist's, wollen Sie nun einen Blick hinter den Schleier der Isis tun?» – Voll Mitleid und Grauen machte ich mich mit dem Manne auf den Weg nach ihrem Schlafzimmer. – Sein durchbohrender Blick, seine nachherige Freundlichkeit – diese Kontraste hatten etwas Fürchterliches. «Ich will doch heute nachmittag abreisen», sagte ich zu mir selber, als wir über Gänge und Stiegen nach dem entlegensten Teile des Gasthofes schritten.

Wir traten in ein grünverhangenes Stübchen, das der Magnetiseur zu seinen Operationen ausersehen hatte, weil es entfernt von allem Geräusche lag. Querdurch war ein Schirm gestellt. Er hieß mich leise auftreten, führte mich hinter den Schirm – siehe da, die Somnambule lag, die Augen fest geschlossen, das Haupt zurückgebogen, im Lehnsessel! Als wir uns ihr näherten, zuckte sie zusammen. «Sie merkt Ihre Nähe, obgleich ich sie nicht berührt habe», sprach der Arzt, «wunderbar, höchst wunderbar! Treten Sie ihr doch noch etwas näher!» Ich trat dicht vor die Schlafende. Ein heftiges Zittern durchflog ihren Körper. «Die Wirkung ist so gewaltsam», sagte der Arzt, «was bedeutet das? Haben Sie vielleicht Metall bei sich?» Ich nahm Uhr, Messer und dergleichen, was ich in der Tasche hatte, heraus. Diese Gegenstände mußte ich auf Geheiß des Magnetiseurs ablegen, und zwar außerhalb des Schirms, der, wie er sagte, ebenfalls magnetisiert war. Er erzählte mir, daß man über die Anwendbarkeit der Metalle sich noch sehr im Dunkeln befinde; die Erfahrungen kreuzten und widersprächen sich; zuweilen hätten diese Stoffe sehr heilsam gewirkt; in andern Fällen wären schon durch die geringfügigsten Dinge, z. B. durch ein Stückchen Draht oder durch einen Kupferdreier, tödliche Krämpfe hervorgebracht worden. «Nun müssen wir eine Hauptprobe machen», fuhr er fort. «Ich werde Sie mit Sidonien allein lassen. Mein Einfluß höre ganz auf! Ich werde aus dem Zimmer gehn und meine Gedanken von Ihnen, von der Kranken ab, auf ganz andere Dinge wenden. Nach den bisherigen Beobachtungen könnten Sie, könnten Hunderte unter diesen Umständen zugegen sein, unsre Hellseherin würde nichts davon merken. Von gestern und heute aber scheint eine neue Epoche in der Geschichte des Magnetismus anzubrechen. Es ist, als gäbe es Rapports, unabhängig von aller Manipulation – ich möchte sie Urrapports nennen. Wir wollen das Faktum mit Ruhe und Aufmerksamkeit festzustellen suchen. Setzen Sie sich zu ihr, sprechen Sie mit ihr! Antwortet sie Ihnen, so können wir einen Teil unsers Systems zu den Fabeln schicken.» Er drückte beide Daumen einige Sekunden lang auf die Herzgrube der Schläferin, dies nannte er Kalmieren; ich hörte ihn wieder ihr etwas zuflüstern, was ich nicht verstehen konnte. Ich mußte mir einen Sessel neben ihren Fauteuil stellen. Als ich bei der Kranken saß, empfahl er mir dringend die höchste Aufmerksamkeit und Ruhe, und ich war mit Sidonien allein.

Aber wie anders, wie verschieden erschien sie mir jetzt! An die Stelle der Bewegung, die ich im wachenden Zustand an ihr wahrgenommen hatte, war eine völlige Regungslosigkeit getreten. Ich fragte sie, ob sie mich sehe, höre – wie sie sich befinde. Keine Antwort erfolgte aus den fest geschlossenen Lippen. Ich forderte sie auf, zu reden; dasselbe Schweigen! Ich legte die Fläche meiner Hand sanft auf ihre Hände, die dicht ineinandergefaltet ihr im Schoße ruhten, und fühlte die Kälte des Todes. Erschrocken berührte ich ihre Wange; auch diese war kalt. Hätte nicht ihr Atem, ängstlich wie das Stöhnen des Schwererkrankten, meine starr auf sie gehefteten Augen gestreift, ich würde das Schlimmste haben fürchten müssen.

So brachte ich einige angstvolle Minuten in der ungewissen Dämmerung dieser Schweigenden, Bleichen, Kalten gegenüber zu. Ich wünschte herzlich, daß der Arzt zurückkehren möge. Endlich trat er hinter den Schirm. «Hat sie Ihnen geantwortet?» fragte er eifrig. Und als ich verneinte: «So sind wir denn in einem wahren Labyrinthe! Indessen müssen wir uns an das halten, was sie selbst gesagt hat. Das Wasser von der Bäderley aus Ihrer Hand verordnete sie sich. Diese Worte können nicht trügen, oder die Natur ist eine Lüge. Wann reisen Sie?» – «Heute nachmittag drei Uhr.» – «So bitte ich Sie im Namen der Gräfin, ihr noch eine Flasche von jenem Wasser zu schöpfen.» Er drang auf meine schleunige Entfernung: er fürchte, sagte er, daß meine Nähe doch nicht günstig wirken möge; wenigstens könne er nicht verantworten, mit einem Agens, dessen Bedeutung er noch nicht übersehe, frevelhaft weiter zu experimentieren. Ich mußte seine Besorgnisse ehren. Ich bat ihn, mir zu sagen, wann die Gräfin erwachen werde. «Heute nachmittag vier Uhr», versetzte er. – «So sehe ich sie denn nicht wieder! Sagen Sie ihr, daß ich sie innig bedaure; sagen Sie ihr, daß mir der Tag ein Festtag sein wird, an dem ich höre, daß es ihr wohl geht, daß sie von ihren Leiden befreit ist!» – «Ja, doch! Ja doch!» antwortete der Arzt, ließ mir kaum Zeit, das abgelegte Metall wieder zu mir zu stecken, schob mich hinaus; hinter mir hörte ich den Riegel ins Schloß springen.

Verdrießlich, verworren ging ich – nach der Bäderley, meine Flasche unterm Rocke. Unterwegs fiel mir erst ein, daß, wenn ich vor dem Erwachen der Gräfin abreiste, ihr das Wasser nicht selbst reichte, dieses unschuldige Mittel ganz ohne Wirkung bleiben würde. Wer das Erste tut, darf das Zweite nicht lassen. Ich sagte dem Kellner, als ich heiß und müde von meiner Wallfahrt auf die Felsen zurückkehrte, er möge nur die Postpferde wieder abbestellen lassen. Der Mensch schüttelte den Kopf und sah mir lächelnd nach, wie ich mit meiner Wasserflasche die Treppe hinaufstieg. In meinem Zimmer war es mir zu eng, zu ängstlich. Ich schämte mich, ich weiß nicht weshalb; ich wünschte, ich weiß nicht was; ich war verstimmt, ich weiß nicht worüber. Unwillkürlich schweiften meine Gedanken nach dem Schlafzimmer der Somnambule; ich sah den Arzt sich mit ihr beschäftigen, sie berühren. Der geistige Zwang, den in diesem Zustande ein Wesen über das andere sich anmaßt, die schrankenlose Hingebung eines Weibes in den Willen des Mannes kam mir unnatürlich, widerlich vor, und doch wäre ich gerne an der Stelle des Magnetiseurs gewesen. Ich glaubte damals, ich sei nicht fein genug organisiert, um mich in jenes Naturgeheimnis ganz hineinzufühlen; jetzt, wo ich aus der Erinnerung diese Sachen niederschreibe, muß ich bekennen, daß ich war, was man im gemeinen Leben eifersüchtig nennt. Um mich zu zerstreuen, wollte ich ein Buch aus meiner Kommode nehmen: – wer beschreibt meine unangenehme Überraschung, als ich aufschloß und in dem Fache zwar, was ich suchte, fand, aber meine Schatulle nicht sah, die danebengestanden hatte? Irrte ich mich? Ich kehrte alle meine Sachen um, ich riß die andern Schubfächer auf, ich schüttelte den Mantelsack aus – die Schatulle war verschwunden. Ich rannte einige Male fast ohne Besinnung auf und nieder, ich schlug mich vor den Kopf; es sprang kein verständiger Gedanke heraus. Heftig riß ich an der Klingel. «Der Wirt soll kommen», donnerte ich den erschrockenen Jungen an, der, über meinen Ton entsetzt, sich fast rücklings überschlug. «Ich bin in Ihrem Haus bestohlen worden. Vierzig Pistolen sind mir entwendet!» rief ich dem Wirt entgegen. – «O Gott, meine Reputation!» schrie der Mann. Ich polterte heraus, daß ich die Schlüssel nie von mir getan, sie wenigstens nie aus der Acht gelassen hätte; die Schlösser müßten mit einem Instrumente geöffnet sein; es müsse ein Hausdieb in seinem Gasthofe stecken. «Freilich, freilich», rief der Wirt, «das habe der Herr Doktor auch schon gesagt! Denselben ist auch Geld weggekommen, wie dieselben mir heute morgen sagten. Sackerment! Wo befindet sich diese Kanaille unter uns?» Er war in der größten Angst um den guten Ruf seines Hauses, er bat mich inständigst, vorderhand still zu sein; er nannte mich Graf und zuletzt Exzellenz. «Es soll sich vor Eurer Durchlaucht alles faselnackt ausziehn, Knechte, Mägde, meine Kinder und alles; wir wollen visitieren, oben und unten, hinten und vorne, im ganzen Hause! Nur kein Aufsehen, nur keine Gespräche, damit ich nicht in Mißkredit gerate! Es geht jetzt gerade die beste Zeit an. Niemals hat man sonst in der Regel bei mir gestohlen.» Das konnte mir nun freilich in diesem Ausnahmefalle nicht viel helfen. Ich sagte ihm, er möge seine fünf Sinne zusammennehmen und mir mein Geld wiederschaffen.

In diesem Augenblicke schickt mir der Arzt einen Zettel. Die Schrift ist noch feucht; ich lese: «Soeben sagt mir unsre Schlafende, die ich über Sie ausfrage: Man hat ihm seine Schatulle entwendet; sie liegt aber unter dem großen Walnußbaum am Hause. Ich schreibe Ihnen diese höchst sonderbare Äußerung; sehen Sie doch aus Vorsicht nach Ihrem Gelde! Ich habe ebenfalls heute etwas vermißt. Ich darf die Gräfin nicht verlassen, sonst käme ich selbst zu Ihnen.» – «Haben Sie einen Walnußbaum an Ihrem Hause?» fragte ich den Wirt. – «Jawohl.» – «Führen Sie mich sogleich hin!»

Wir gingen durch den Hof in einen Baumgarten, der an das Hintergebäude stieß. Ein großer prächtiger Nußbaum breitete fast dicht an der Wandseite seine schattenden Zweige aus. «Da liegt wahrhaftig etwas!» rief der Wirt. Ich flog auf den Baum zu. Das Unglaubliche war wirklich: am Fuße des Stammes lag meine Kassette. Ich hob sie auf; aber die Freude, sie wiederzubesitzen, war kurz. Der Dieb hatte sie erbrochen; das Schlößchen hing kläglich am letzten Nagel. Meine goldene Hoffnung war aufgeflogen; ich hielt das Kästchen leer wie Pandorens Büchse in der Hand. Ich machte ein betrübtes und, wie ich glaube, einfältiges Gesicht. Ein Specht erhob von dem Wipfel des Baums sein Gelächter; das Tier schien mich zu verhöhnen. Von der andern Seite rief der Kuckuck. Ja, wohin sollte ich gucken, um meinen Dieb zu erspähen? Ich blickte empor; da sah ich nichts als die Fenster des Hintergebäudes. Der alberne Wirt erschöpfte sich, wie das bei solchen Gelegenheiten zu geschehen pflegt, in den ungereimtesten Vermutungen über die Art und Weise, wie die Schatulle in den Baumgarten geschafft sei. Über den Hof, meinte er, könne der Dieb nicht gegangen sein; er habe sich den ganzen Morgen über in der Packkammer aufgehalten, von wo man den Hof übersehen könnte, er habe aber nichts Verdächtiges bemerkt. Der Baumgarten sei rings umschlossen. «Nun», rief ich ungeduldig, «ist sie etwa durch die Luft gereiset?» – «Könnte wohl sein», versetzte er geheimnisvoll. Er sollte mir sagen, was er meine, war aber nicht zu bewegen, sich deutlicher zu erklären. «Nein!» rief er. «Bei solchen Sachen kann man sich gar zu leicht in der Regel das Maul verbrennen!» Seines Aberwitzes müde, befahl ich ihm, die Visitation anzustellen. Wir durchsuchten stundenlang Kisten und Kasten, Säckel und Taschen. Mein Geld blieb verschwunden. Gegen Abend traf ich in der großen Allee den Arzt, der mir gleich mit Feuer zurief: «Nun, Sie haben Ihre Schatulle wiedergefunden?» Ohne auf meine Erklärung, daß mir unter den obwaltenden Umständen der Fund nicht viel helfen könne, zu achten, überließ er sich seiner Ekstase über die Untrüglichkeit der Clairvoyance und wurde mir damit überaus lästig. Ich unterbrach ihn. «Sie erwähnten», sagte ich, «daß Sie ebenfalls Geld vermißt hätten. Haben Sie die Schlafende nicht nach dem Täter befragt?» – «Allerdings», versetzte der Arzt. «Ihr Dieb und der meinige sind eine und dieselbe Person. Sie beschrieb ihn als einen starken, pockennarbigen braungelben Mann. Als ich noch mehr wissen wollte, ist sie wieder erwacht.» Ich machte mich von dem Magnetiseur los und ging meines Weges. Jedes Menschengesicht ärgerte mich. Das hatte ich nun von meinem Verweilen, Gehenlassen, Hingeben an andere! Heute morgen, als ich aufgestanden war, hatte ich die Schatulle noch gesehen; wäre ich meinem Vorsatze getreu abgereist, so würde ich sie ohne Zweifel behalten haben. Es dämmerte, als ich mein Zimmer wieder betrat. Noch sollten die Überraschungen nicht zu Ende sein. In meinem Gemache befand sich eine Seitentüre, die zum Zimmer der Somnambule führte. Kaum war ich eingetreten, so hörte ich an jener Türe von jenseits husten, als würde mir ein Zeichen gegeben. Ich lege mein Ohr an das Schlüsselloch; man flüstert mir zu, ich solle den Riegel auf meiner Seite wegtun. Es geschieht, und durch die nun ungesperrte Türe tritt – Sidonie in mein Zimmer.

«Um Gottes willen», rief sie in fliegender Hast, «denken Sie wegen dieses Schrittes nicht schlimm von mir! Ich muß Ihnen nützlich sein und habe keinen andern Weg, zu Ihnen zu gelangen.» – «Wie?» fragte ich ganz verstört. – «Es ist keine Zeit zu Erklärungen», sagte sie eilig; «wir können in jedem Augenblicke überrascht werden. Armer, Rechtschaffener, Betrogener! Haben Sie alles verloren?» – «Nein», versetzte ich, «der Hauptfang ist durch ein glückliches Ungefähr den Krallen des Bösewichts entgangen.» Ich sagte ihr, daß ich meine Fonds zum größern Teile in einigen bedeutenden Papieren bei mir führe, daß ich dieses Päckchen in meiner Brieftasche trage, daß diese nicht in der Kommode gelegen, sondern in meiner Rocktasche sich befunden habe, daß der Verlust, den ich erlitten, mehr verdrießlich als wichtig sei. Sie schlug ihre Hände wie vor Entzücken zusammen und rief: «Gott sei Dank! Geben Sie mir die Papiere zum Aufheben! Sie sind so arglos, so zutraulich; wenn man auch darum Sie noch brächte!» Und da ich auf diese wunderliche Bitte einige Momente zaudernd stand: «O Gott!» rief sie. «Ich will etwas Gutes tun, und er vertraut mir nicht!» Ihre Stimme zitterte. Überwältigt von der Güte dieser Unerklärlichen, sank ich vor ihr auf die Knie und reichte ihr die Papiere hin. Sie barg das Päckchen unter dem Tuche auf ihrem Busen. «An meinem Herzen verwahre ich dich; mit meinem Leben will ich dich verteidigen!» rief sie, sagte mir, der ich noch immer wie ein Narr auf den Knien lag, eine süße gute Nacht und war hinweg. Ich sprang auf, wollte ihr nacheilen; aber die Tür wich keinem Drücken, Klinken und Klopfen.

Der Arzt ließ mich fragen, ob er zu mir kommen dürfe. Wie gerne hätte ich seinen Besuch abgelehnt; indessen wollte ich nicht so unhöflich sein. Er war nun teilnehmender als vorher; er erkundigte sich wie Sidonie, ob ich alles verloren habe. Mein Herz wußte von dem Unglück kaum noch etwas, ich war im Geiste mit süßen Dingen beschäftigt. Ich bat ihn, sich meinetwegen zu beruhigen; das Beste sei dem Diebe entgangen und befinde sich in guter Verwahrung. Ob ich diese Worte mit einem besonderen Akzent ausgesprochen, ob ich einen unvorsichtigen Blick auf die verhängnisvolle Seitentüre geworfen habe – ich weiß es nicht. Er sah, indem sein Gesicht sich verlängerte, zornig jene Türe an und erwiderte nichts als ein gedehntes: «So?» Nach einigen gleichgültigen Reden wollte er sich entfernen; ich hielt ihn zurück und fragte, auf die Flasche mit Wasser deutend, die ich geholt hatte und die noch ungebraucht auf dem Tische stand, was denn damit werden solle. «Was Ihnen beliebt!» rief er und versuchte vergebens eine große Aufregung zu verbergen. Er ging; ich hörte ihn draußen an der Tür der Gräfin klinken; ich hörte, wie diese sagte: «Geben Sie sich keine Mühe! Die Pforte ist verwahrt; ich lasse niemand mehr zu mir.» Es war mir, als vernehme ich einen dumpfen Fluch; heftige Schritte dröhnten über den Gang. Ich wußte nicht, was ich aus allen diesen sonderbaren Ereignissen machen sollte. Nur das empfand ich deutlich: Der Bezug, in welchem ich zur Wachenden zu stehen schien, war mir lieber und interessanter als mein Rapport zu ihrem somnambulen und magnetischen Leben, von welchem mir der Arzt gesagt hatte.

Bis hierher hatte ich mit ziemlich gesetzter Stimme lesen können; jetzt legte ich das Buch aus der Hand und bat meine Frau, mir den Vortrag des übrigen zu erlassen. «Nein», sagte sie in einer Mischung von Ärger und Spott, «ich will die saubere Geschichte aushören. Ihr schönen Herren! Von einem armen Mädchen wird immer das ganze volle Herz verlangt und die erste Liebe und das unerprobte Gefühl; – aber was bekommt sie? Einen Gasthof, worin schon Unzählige vor ihr logiert haben. Lies nur weiter! Du sollst deinen Karneval mit einer Generalbeichte erkaufen.»

Was war zu tun? Ich las weiter, aber sehr beklommen und verlegen, wie folgt.

Der Morgen dampfte über dem Tale; endlich siegte die Sonne und spiegelte ihr Bild im Tau. Die Felsen standen beleuchtet von scharfem Licht; zwischen ihnen spielte die Lahn mit dem wunderbaren Leben ihrer tausend Quellen und Quellchen, Sprudel und Bläschen. Ich eilte ins Freie. Wohin sollte dieses Abenteuer führen? Und doch dachte ich nur sie, und doch drängte es mich mit unwiderstehlicher Gewalt, mein ganzes Herz vor ihr auszuschütten. Ich rannte über die Brücke; der Pfad lief durch Wiesen und Tal, wo mächtige Eichen und Buchen eine grüne tiefe Einsamkeit schufen. Ich entfernte mich immer weiter von dem Geräusche der Menschen, von dem Hause, in dem sie wohnte, und doch meinte ich, sie müsse mir im nächsten Augenblicke unter diesen Bäumen entgegentreten. Am stillsten, heimlichsten Waldplätzchen, im verschwiegenen Säuseln der Äste übermannte mich ein Gefühl; laut rief ich: «Sidonie! Geliebte Sidonie!» und drückte das Gesicht ins Tuch. War es Täuschung der erhitzten Sinne? «Hier bin ich!» antwortete eine Stimme hinter mir.

Ich drehe mich um; Sidonie eilt mir nach, durch die Bäume entgegen. Ihr weißes Gewand wehte, ihr Antlitz glühte; in der Hand hielt sie das Päckchen, welches ich ihr gestern gegeben hatte. «Nehmen Sie!» rief sie atemlos. «Ich hoffe, es wird nichts daran fehlen», setzte sie mit einem trüben Lächeln hinzu. «Und nun noch einmal: Lassen Sie sich erflehen! Reisen Sie auf der Stelle ab! Ich werde nicht ruhig, bis ich Sie aus meiner Nähe weiß.» Mir vergingen die Sinne; ich wußte nicht, was ich tat; ich rief: «Dich verlassen, himmlische Güte? Nimmermehr!» Ich bewegte mich gegen sie; sie wich mit einem Schrei des Schreckens vor mir zurück; aber – schon hielt ich sie in meinen Armen! Ich bedeckte ihre Lippen mit Küssen; ihr anfänglicher Widerstand brach an innern gewaltigen Krämpfen zusammen, die sich in den Schlägen ihrer heftig arbeitenden Brust offenbarten. Sie ruhte mir am Herzen; sie schlang die Arme um mich, als wollte sie mit mir zusammenwachsen. «Sei die Meine!» rief ich außer mir. – «Hätte ich dich früher gesehen!» flüsterte sie aus der tiefsten Seele.

Sie richtete sich empor; ihr müdes Auge blickte mich sehnsuchtsvoll an: «Wir wollen uns verloben», sagte sie, «aber nicht auf Vereinigung und Glück, sondern auf Trennung und Reue! Nimm diesen Ring! Er ist ein Erbstück meiner Mutter; er wird wohl so viel wert sein, als du eingebüßt hast.» Sie streifte einen kostbaren Brillantring vom Finger; ich empfing ihn wie ein Träumender. Sie sagte: «Der Spruch, mit dem ich dir den Ring reiche, lautet: Du sollst nicht richten! Richte nicht, wenn du von mir hörst – was du auch von mir hören magst! Gib mir ein Pfand, daß du nicht richten willst.» Ich gab ihr einen Ring, den ich trug, und sagte: «Was du auch dir vorzuwerfen hast, mir bist du edel, gütig und liebevoll begegnet. Ich werde deiner mit schwerem Herzen denken! Vertraue dich mir! Ist keine Hoffnung, daß dieses sonderbare Begegnen zum Glücke führt?» – «Keine!» versetzte sie langsam und fest. Ernster und trüber sind wohl nie Ringe gewechselt worden. – Ein Geräusch machte mich aufsehn. Der Arzt stand vor uns. Dieselbe Szene wie gestern! Derselbe fürchterliche durchbohrende Blick, dann dieselbe sanfte Höflichkeit. Sidonie wankte; ich empfing sie in meinen Armen. «Sehen Sie wohl, meine gnädigste Gräfin», sprach der Arzt in jenem abscheulich glatten Tone, «wie gefährlich Ihnen Morgenspaziergänge sind? Sie schwindeln; der Tau ist Ihnen auf die Nerven gefallen. Sie müssen wahrhaftig dergleichen Ausschweifungen unterlassen und besseres Regime halten.» Sidonie drückte mir heftig die Hand, sah gen Himmel und rief: «Räche mich!» Dann ging sie, ohne mich anzublicken, den Waldpfad, der zum Bade führte, zurück. «Sie haben meinem Zutrauen wenig entsprochen», sagte der Arzt zu mir. «Sie haben Leidenschaft und Verworrenheit in den heiligsten Kreis getragen. Schon gestern ahnte ich, daß Sie die Reizbarkeit einer nervösen Natur selbstsüchtig zu entzünden gewußt hatten; schon gestern zürnte ich Ihnen. Wissen Sie nicht, daß der magnetische Rapport nur von der Unschuld, von dem ruhigen Frieden des Gemüts beschützt wird?» Er verließ mich nach diesen Worten, die er mit einer unerhörten Festigkeit zu mir gesprochen hatte, ohne meine Antwort zu erwarten; ich sah ihn Sidonien folgen. Ich wollte nach; hatte sie sich nicht mir zu eigen gegeben? Trug ich nicht ihren Ring? Ich mußte mich zurückhalten; hatte der Arzt nicht recht?

Zu irgendeinem vernünftigen Entschlusse zu kommen, setzte ich mich auf einen Stein zu Füßen einer mächtigen Eiche, das Haupt in der Hand. Was bedeuteten ihre Reden? Was sollte ich tun? Was mußte ich lassen? – Auf einmal fühle ich, daß mir etwas blitzschnell unter den Armen durch um den Leib greift oder fährt; ich schrecke auf: Himmel und Hölle, was ist das? Ein dickes Seil ist mir um den Leib gezogen; ich will empor – umsonst! Hinter dem Baume wird daran gedreht, geknüpft – ich bin fest am Stamme. Ich rufe: «Räuber! Mörder! Hilfe!» Ich sträube mich, ich reiße mit allen meinen Kräften; die Schmerzen hatte ich davon, aber das Seil wich nicht. Endlich sagt eine tiefe Baßstimme hinter dem Stamme: «Jetzt sitzt der Knoten; wenn Sie ihn nicht losschneiden, kommt er nicht los.» Eine baumstarke Figur, mit Augen unter breiter Schirmkappe aus einem braunen Gesichte wie die Kohlen hervorglühend, trat mir in die Sonne. «Was habe ich dir getan?» schrie ich den grünröckigen Schurken an. – «Nichts!» versetzte der Bösewicht. – «Warum bindest du mich?» – «Darum!» sagte der lakonische Spitzbube und raffte die Papiere auf, die ich vor Schreck hatte zu Boden fallen lassen. – «Laß mir mein Eigentum!» rief ich. – «Bewahre!» sagte der einsilbige Schelm und schlug sich seitwärts mit dem Raube in die Büsche. Ich höre ihn noch eine Weile durch das Strauchwerk brechen und treten; dann wurde der Schall schwächer, und endlich war ich mit dem Stillschweigen in meinem Walde allein.

Da saß ich nun wie Andrea, den Don Quixote zu seinem Unheil aus den Händen des Bauers befreite, angebunden an einen Eichenbaum. O gemeines Ende romantischer Stunden! Nun wußte ich auf einmal, was ich zu tun hatte, nämlich: stillzusitzen; ich wußte, was ich lassen sollte, nämlich: fortgehn. Woher war der Verruchte nur so unbemerkt gekommen? Ach, ich gestehe meine Schwachheit, ich dachte nicht mehr an Sidoniens Geschick; ich dachte, ich wollte nichts als von dem unseligen Stricke los. Keine Möglichkeit! Dicht um den Baum und um meinen Leib lag die Fessel; ich meinte zu verzweifeln. Die Sonne stieg, sie beleuchtete einen angebundenen Mann; die Sonne begann zu sinken, ihre Strahlen führten noch immer den Retter nicht herbei. Endlich kam ein Engländer, der auf seinem einsamen Abendspaziergange laut aus einem Buch die Verse las:

«To sit on rocks, to muse o'er flood and fell,
To slowly trace the forests shady scene,
Where things that own not man's dominion dwell,
And mortal foot hath ne'er or rarely been,
To climb the trackless mountain all unseen,

With the wild flock that never needs a fold,
Alone o'er steps and foaming falls to lean;
This is not solitude; 't is but to hold
Converse with Nature's charms, and view her stores unroll'd!»

«Pray, Sir», rief ich den Gentleman an, «untie me!» Er nahte sich mir ohne Zeichen des Erstaunens; er prüfte hinten den Knoten und sagte ruhig: «'t is impossible, Sir, and I got no knife.» Ich bat ihn, in der nächsten menschlichen Wohnung Lärm zu machen. Er entfernte sich, indem er, ohne sich weiter stören zu lassen, seine gefühlvolle und melancholische Lektüre im Childe Harold fortsetzte. Endlich erschien mein Engel in Gestalt eines alten Holzhackers. Er trennte mit einem Streiche seiner Axt meine Bande; ich sprang auf wie ein erlöster Prometheus. Ich wollte ihm Geld geben – ach, ich hatte ja nichts mehr! Der Alte sagte, es sei auch so gut und nicht des Dankes wert; er wolle den Spitzbuben, wenn er ihn treffe, vor den Kopf schlagen, daß er liegenbleibe.

Was habe ich weiter zu erzählen? Im Gasthofe erfuhr ich, die Dame sei mir am Morgen eilig nachgegangen, der Arzt ebenso eilig der Dame, als er von ihrer Promenade gehört habe. Nach zwei Stunden habe der Doktor die Gräfin, die tief verschleiert gewesen, zurückgebracht. Bald darauf waren beide abgereist, man konnte nicht sagen, wohin. Der Doktor hatte mich beim Abschied recht herzlich grüßen lassen, als sei nichts vorgefallen, und sehr bedauert, mich nicht noch einmal gesprochen zu haben. Von dem Strauchdiebe, wie ich ihn beschrieb, wollte niemand etwas wissen.

Solchen Ausgang gewann meine Badegeschichte. Zum Glück fand ich am andern Tage einen Bekannten, der mir vorstreckte, sonst hätte ich wie ein insolventer Student nicht abreisen können; denn ich war von allem entblößt. Ich fuhr aus Ems mit einem geschenkten Ringe, einem bewegten Herzen, einer ausgeleerten Kasse und mit vermehrter Einsicht in die Geheimnisse des tierischen Magnetismus. In Frankfurt kam ich um einen Tag zu spät an; ich hatte ein bedeutendes Glück verscherzt. Von Gräfin Sidonien und dem Arzte habe ich nie wieder etwas gehört.

Hier schloß ich meinen Bericht. Meine Frau hatte während der letzten Hälfte desselben außerordentlich emsig gearbeitet. Ich sah, daß ihre Finger bluteten; sie mußte in ihrem Eifer sich mit der Nadel gestochen haben. Ich hätte ihr doch auf keinen Fall so verfängliche Dinge mitteilen sollen! Diese Betrachtung kam, wie alle meine Betrachtungen, nachdem der Schade geschehen war.

«Wenn sie dir nun wirklich in Köln erschiene, diese ideale Person – –?» sagte meine Frau spöttisch. – «Geliebte, was denkst du von mir?» versetzte ich mit Emphase.

«Jene Anzeige in der Karnevalszeitung ist sonderbar, höchst sonderbar; aber –.»

«Fritz! Fritz! Die Brücke kommt!» sagte sie in einem etwas schneidenden Tone. «Vergiß doch den Ring nicht! Deine mystische Vorbraut verlangt ihn vielleicht zu sehen als Beweis, daß du ihr Andenken ehrst.» Es war spät; sie packte ihr Gerät zusammen und stand auf, um sich schlafen zu legen. «Nun, ich wünsche dir einen vergnügten Fasching!» sagte sie beim Abschied. Ich war allein und überlas die Anzeige der Karnevalszeitung wohl zwanzigmal. Wär's möglich? Und was –? Ich wollte mir selbst meine Gedanken nicht bekennen.

Während eines heftigen Regengusses, der auf die Dächer niederklatschte und die Straßen zur menschenleeren Wüste machte, langte ich in Köln an. Mein Wagen fuhr durch die engen, finstern Gassen; melancholisch klang der Hufschlag auf dem nassen, ungleichen Pflaster; mir war zumute, als führe ich hinter einer Leiche her. So begann mein Karneval. Endlich hielt der Wagen vor dem Hause meines Freundes. Der Kutscher stieg ab, öffnete den Schlag, schüttelte seinen nassen Pelz, von dem die Tropfen wie die Perlen niederrannen, und brummte verdrießlich: «Das ist eine verfluchte Wirtschaft!» Ich ging durch einen langen dunklen Hausflur, konnte anfangs niemand finden; endlich kam ein Bedienter die Treppe herabgestiegen, überblickte mich flüchtig und sagte: «Ach, Sie sind gewiß der Herr, den wir erwarten.» Ich fragte ihn nach meinem Wirte; er sei noch in der General-Narrenversammlung, versetzte der Bursche und führte mich in das für mich bereitete Zimmer. Nicht lange blieb ich allein; Anselm, mein Freund, flog bald darauf in meine Arme. Wir hatten uns seit Jahren nicht gesehen; unser Wiederfinden war, wie es unter Jugendfreunden sein muß. Er war noch immer der alte, schwärmend für alles Neue, Herrliche, Große. Kaum ließ er mir Zeit, mich etwas zu erholen; sein Geist strömte über von den Ideen, die ihn erfüllten. «Endlich ist es gestürzt, dieses scheußliche Ministerium Villèle!» rief er freudig aus. «Ich habe den Constitutionnel in der Generalversammlung gelesen; es ist offiziell, der König beruft ein neues Conseil. Die Tendenzen des Jahrhunderts haben einen glänzenden Sieg erfochten; die Niederlage des heuchlerischen Aristokratismus ist entschieden. Törichtes Bemühen, die Zeit in ihren Fortschritten aufhalten zu wollen! Das hat dem Größten, dem Napoleon, Reich und Macht gekostet. Wir wirken, leben und sind jetzt nur durch Ideen, mit Ideen, in Ideen; die erhabenen Sterne der Gegenwart heißen Freiheit und Recht, Vernunft und Wahrheit; wer vor ihrem Lichte seine Augen verschließt, oh, der ist bald vom Wege ab und kommt unter die Füße. Glaubst du», rief der Freund heftig und packte mich an der Schulter, «daß man die Welt noch mit Reglements und Cabinets-Ordres, mit alter Stumpfheit und erneuter Lüge regieren kann? O wehe dir, wehe euch allen, die ihr das glaubt! Verkriecht euch in die Klüfte der Eulen; denn dahin gehört ihr! Schwirrt durch die Nacht, die euch verbleibe, aber laßt uns unsern Tag und unsere Sonne!»

«Hältst du mich für einen Finsterling?» unterbrach ich ihn, ärgerlich über seine mir empfindliche Anrede und darüber, daß er mich nicht einmal ruhig auspacken ließ. «Habe ich nicht anonym zu General Foys Subskription einen halben Louisdor eingeschickt mit dem Motto: Der Brave besitzt Landsleute auf der ganzen Erde? Hangen nicht Bolívar, Miaulis und Canaris über meinem Sekretär? Was treibt dich, deinen Freund, den du eingeladen hast, das Vergnügen dieser Tage bei dir zu genießen, mit beleidigenden Worten zu überschütten?» – «Bruder», sagte Anselm verschnaufend, «sei nicht böse! Gott weiß es, ich kann nicht anders! Ich bin Enthusiast; ich schwärme, ich rase für die gute Sache. Wenn ich das Gespenst der alten Begriffe mit den Augen meines Geistes erblicke, so kenne ich mich selbst nicht mehr; ich gerate außer mir; ich könnte meinen Bruder über den Haufen stoßen, wenn er mir dann begegnete!»

Diese und ähnliche Reden, die mein begeisterter Freund aus dem Stegreif vortrug, begleitete er mit raschen und gewaltigen Bewegungen des Hauptes, wodurch eine sonderbar geformte Mütze, die er zu meinem Erstaunen trug, locker gemacht wurde und in eine schiefe Richtung geriet. Endlich fiel sie ihm vom Kopfe, und ich nahm sie auf. Es war dieses eine hohe, nach vorn in eine gekrümmte Spitze auslaufende Mütze von rotem, weißem und grünem Tuche. Sie hatte die Gestalt der phrygischen Kopfbedeckung, welche die Statuen des Paris charakterisiert. Ich betrachtete sie aufmerksam und fragte: «Tragt ihr dergleichen jetzt hier? Das ist eine auffallende Mode.» – «Es ist meine Narrenkappe», erwiderte der Freund und steckte sie verdrießlich zusammengewickelt in die Tasche. «Man darf ohne den Bettel nicht in den Versammlungen erscheinen; ich hatte sie in meiner Freude über den Sturz jenes schändlichen Ministeriums aus Zerstreuung auf dem Kopfe behalten.»

Ich wünschte das Gespräch aus dem politischen Gleise zu lenken und sagte meinem Freunde, daß ich mich freue, ihn mit diesen unschuldigen Torheiten beschäftigt zu sehen; ich hätte bei seinem Ernste ihn dessen nicht für fähig gehalten; worauf er mir voll Würde entgegnete: «Sehr irrst du, wenn du glaubst, daß ich von Herzen solche Kindereien treiben könnte. Wahr ist es, ich bin Mitglied des Komitees; ich wohne allen Gelagen bei, die der Hauptabgeschmacktheit vorhergehn; ich helfe die Geckenzeitung redigieren; ich bin dem Scheine nach Geck, reiner Geck, nichts als Geck. Aber das alles ist nur Maske; unter derselben wirke ich für das Eine, was nottut. Leider sind uns in Deutschland die Besserungen ins Große und Ganze versagt; so muß man im Kleinen und Einzelnen etwas auszurichten suchen.» – «Und auch den Karneval benützest du für liberale Zwecke?» fragte ich ihn. – «Freilich!» rief er. «Wo Menschen zusammenströmen, da lernt man Menschen kennen; man darf deshalb dergleichen Gelegenheiten nicht verabsäumen. Ich halte als Hanswurst satirische Reden über Absolutismus; ich nehme diejenigen, denen ich Mißvergnügen ansehe, beiseite und sage ihnen, daß auch ich mit der Gegenwart nicht zufrieden sei. Ich spreche hauptsächlich gegen Rußland und dessen Einfluß.» – «Du machst dir doch ein beschwerliches Leben!» rief ich lachend aus. – «Freund», sagte mein Wirt und blickte verklärt gen Himmel, «für die Menschheit ist keine Mühe mühselig genug. Was ist das Leben wert, wenn man nicht die Kraft besitzt, einem erhabenen Zwecke seine Tage aufzuopfern? Diese Anbetung des Heiligsten in der neuen Zeit ist einmal mein Steckenpferd, mein Augapfel; ich mag darüber zugrunde gehen, was kümmert's mich? Ich habe nicht umsonst gelebt. Sie nennen mich den Hans in allen Gassen; ihr schaler Spott verwundet mich nicht; hat der Pöbel je höhern Sinn begriffen? Ich benutze jeden Anlaß, die gereinigten Ansichten über Volksleben und Volkswürde unter den Menschen zu verbreiten; ich bin in die Vorstellung des Bauchredners Alexander gegangen und habe gesagt, als der Gaukler seine Stimme aus allen Ecken des Saales tönen ließ: So hallt in Despotien nur das Wort eines einzigen, wenn auch mehrere zu sprechen scheinen. Was habe ich gesagt, als die Sontag hier sang und alles entzückt war? Braucht das Talent, rief ich, ein Wappen, um die Welt zu erobern? – Oh, ich werde noch ein Märtyrer meiner Überzeugungen werden!»

Während mein Freund nun noch mehreres über die Bedeutung des Jahrhunderts mit großer Salbung mir mitteilte, schien er ganz die Bedeutung der Stunde vergessen zu haben, in der wir uns zufälligerweise grade befanden. Es war nämlich diejenige, in der man gewöhnlich zu Nacht speist, und mein Magen, welcher den ganzen Tag über nichts zu sich genommen hatte, fühlte sich bei den Gesprächen über Verfassung und verfassungsmäßige Regierung außer aller Verfassung und unter der Tyrannei eines grausamen Hungers. Da wir alte Schul- und Universitätskameraden sind, so bat ich Anselmen endlich, er möge decken lassen. Das geschah, und wir aßen, oder vielmehr ich aß; denn Anselm lebte wirklich, wie er gesagt hatte, nur in Ideen und von Ideen. Er sagte mir, daß er morgen auch unsern Freund Ernst von Bonn erwarte. Ich freute mich sehr über diese Nachricht. «Sei nicht zu vergnügt!» sagte mein Liberaler. «Der Mensch hat umgesattelt – ist umgeschlagen wie schlechtes Bier; er ist servil geworden, er studiert Adam Müller und Konsorten. Mir ist's gar nicht recht, daß er kommt, der Fürstenknecht, es gibt immer Streit, wenn wir zusammentreffen.»

«Laß uns nur die Stunde nicht versäumen, wenn der Maskenzug beginnt!» sagte ich zu Anselm beim Frühstück. – «Wir haben bis elf Uhr Zeit», versetzte er. Und gleich war er wieder tief in politischen und humanen Erörterungen. In seinem Kopfe kreuzen sich die verschiedenartigsten Gedanken. Eine unglaubliche Rührigkeit setzt ihn in unaufhörliche Bewegung. Er ist Mitglied von Gott weiß wie vielen Gesellschaften, er sammelt Gemälde, er nimmt an einer Dampfschiffahrts-Kompanie teil und schreibt für mehrere Journale Korrespondenzartikel. Das alles erfuhr ich im Laufe einer von einem Punkte zum andern springenden Unterhaltung. Ich fragte ihn, ob er denn nicht gesonnen sei, sich zu verheiraten. «Nein», erwiderte er mit Feuer, «nur keine Fesseln, nur nicht Fußklötze, die jeden höhern Lebenszweck hindern! Der Mann – ist er ein Mann – bleibt Zölibatär; leider streben unsre Sitten entgegen, die vernünftigste Einrichtung, Gemeinschaft aller Weiber, einzuführen. Doch schweigen wir von solchen Kleinigkeiten – sieh einmal, was ich da habe!» Er brachte einen Plan der Stadt Köln hervor und sagte zu mir, daß es im Werke sei, sie zu verschönern. «Dann müßt ihr ja die ganze Stadt abbrechen!» rief ich. – «Nein», versetzte er ernsthaft, «nicht die ganze Stadt; – nur ein Teil, nur so die Hauptsache soll vorderhand verändert werden. Man muß im Anfange mit wenigem zufrieden sein; späterhin findet sich dann das mehrere.» Er breitete den Plan auf dem Tische aus und machte mir seine Verschönerungsvorschläge klar. Er hatte die Linien, welche er beobachtet wissen wollte, mit dem Bleistifte über den Grundriß gezogen; sie bildeten lauter rechte Winkel und Quadrate und gingen meistens mit unerschrockener Kühnheit hinweg über die Kurven, Trapeze und Trapezoiden, in welchen es der alten heiligen Stadt Köln gefallen hat, sich aufzuerbauen. Ich wollte ihm eben über diese geniale Idee etwas sagen, als die Hausklingel tönte. Gleich darauf trat ein Mann mit gescheiteltem Haar, im zugeknöpften Reiseüberrock ein. Es war Ernst, der Erwartete. Er wurde von mir mit herzlicher Freude, von Anselm aber mit ziemlich kühlem Willkommen begrüßt. Was mir an ihm, dem einst so leichtherzigen, leichtfertigen Vogel, auffiel: er sprach jetzt überaus gedehnt, leise, fast lispelnd. Indessen, wer ändert sich nicht im Laufe der rollenden Jahre? «Kinder», sagte ich zu beiden Freunden, «da wir drei nach langer Zeit nun einmal so hübsch wieder zusammen sind, so laßt uns auch recht fröhlich sein, laßt uns die alten Geschichten wiederholen, die uns einst so lustig machten!» – «Du bist ein Sanguiniker und denkst bloß an Sentimentalitäten und Genuß», fuhr Anselm ziemlich unfreundlich heraus. – «Habt ihr schon gehört», fragte Ernst, «daß die Väter in Freiburg mit jedem Tage mehr Zöglinge bekommen?» Bei diesen Worten schwoll Anselms Gesicht; er spuckte giftig und warf einen äußerst grimmigen Blick auf Ernst. Dieser nahm lächelnd den Verschönerungsplan zur Hand und sagte, sich an mich wendend: «Ich sehe, unser weltumstürzender Freund hat dich in die Lehre genommen. Nun, wie tief bist du denn schon in die Mysterien der neuen Weisheit eingedrungen? Sage mir aber doch, geliebter Anselm, warum hast du hier auf dem Plane die schönste gerade Linie an einer so unförmlichen Ecke abgebrochen?» – Ich sah auf die Stelle, die der Freund mit dem Finger andeutete, und erblickte wirklich zu meinem Erstaunen das, wovon er sprach. Die gerade Straße, welche einen Hauptplatz mit dem andern verbinden sollte, zog sich an einer Ecke höchst bescheiden um einen unförmlichen Vorsprung; der Strich war sauber um diesen Klumpen gezogen. Ich wunderte mich über die Irregularität; da rief Anselm höchst verdrießlich: «Das ist ja mein Haus, das Haus, worin ihr Toren eben schwadroniert! Wißt ihr, wie viel mich's gekostet hat? Für zwanzigtausend Taler hatte ich's noch nicht; das kann ich euch versichern!»

Er rollte rasch seinen Plan zusammen und warf ihn ärgerlich in eine Ecke.

Ernst stellte sich mitten in die Stube, nahm aus seiner Dose, worauf der Herr Christus abgebildet war, eine ansehnliche Prise und hob in gemessener Rede, zu mir gewendet, an: «Siehst du, hier hast du den modernen deutschen Wirtshausliberalismus, den Affen des französischen Tigers, der doch mit seinen Klauen nur festhalten will, was er bereits hat, nämlich die blutbesprengten Stücke des Throns und Altars! Hier hast du unsern Deutschen in einem Zuge, mit einem Worte; da liegt die Bescherung auf einer Schüssel. Nichts ist ihnen heilig, wenn es nur gilt, wohlerworbene Rechte andrer vertilgen; aber wenn sie selbst ein Titelchen von dem einbüßen sollen, was ihnen gehört, da schaudern die Herren schön zurück. Der da ist zum Glück kein Gewaltiger, kein Fürst und Herr, er ficht bloß mit den Händen durch die Luft und führt kein Schwert, sondern nur einen Bleistift. Ich sage dir, hätte er die Macht, er ließe alle Häuser dieser Stadt nach seinen geraden Linien niederreißen; aber an der alten Rumpelkammer, die ihm, wie er sagt, mehr als zwanzigtausend Taler gekostet hat, würde auch dann der Mauerbrecher haltmachen, wie jetzt der Bleistift dort haltgemacht hat. O Gott, wann erscheint der Tag, wo alle Menschen dieses Gespinst des Irrtums und der Eigenliebe erkennen, wie wir es erkennen? Wann bekehrt sich die Welt zu dem, wodurch sie einzig restauriert werden kann?»

Anselm trat dicht vor den Restaurator, stemmte die Arme in die Seite und fragte höhnisch: «Nun, und wodurch willst du sie denn verjüngen? Laß doch einmal von deinen Kunstgriffen uns vernehmen, du großer Chemiker!» – Ernst versetzte: «Willst du mich zum Worte kommen lassen? Willst du mich nicht unterbrechen? Wollt ihr hören, so was man hören nennt?» – «Aber Teure», rief ich dazwischen, «versäumen wir nicht die Stunde des Narrenzuges!» – «Sprich», sagte Anselm zu Ernst, ohne auf mich zu achten; «es soll einmal das Thema gründlich unter uns abgehandelt werden.»

Ernst stellte sich hinter einen Stuhl, die Hände auf die Lehne gelegt, und hob, seine Worte mit entsprechenden Bewegungen erläuternd, feierlich wie ein Prophet an: «Was sehen wir über uns? Den Himmel. Was sehen wir unter uns? Die Erde. Eine Darstellung von Himmel und Erde ist der Mensch im Kleinen, der Staat im Großen. Was ist die Tugend der Erde? Die Festigkeit, das Unwandelbare. Was macht den Himmel zum Himmel? Daß er alles überschaut, mit den Pfeilen seines Lichts und den Blicken seiner Sonne die starren Formationen unter ihm erleuchtend und erwärmend durchdringt. Abbild der Erde, der Masse, sind im Staate die Regierten; Sinnbild des Himmels ist der Monarch. So war es, so muß es wieder werden. Einen Damm müssen wir bauen, den unruhig vorwärts rauschenden Wogen entgegen; da soll die Wut der aufgeregten bösen Elemente ihr Ziel finden. Von Gott entspringt alles Regiment; in jedem Gesetze, in jedem urkundlichen Rechte, in der letzten gesellschaftlichen Einrichtung ist Gott sichtbar geworden. Höchste Achtung, unbedingte Verehrung allem Bestehenden! Nicht das soll gelten, was jeder heiße Kopf sich Recht benennt, sondern das Geltende soll Recht sein. Diese krummen Straßen Kölns – auch sie sind geoffenbarte Wege; Gott hat sie nun einmal nicht anders als krumm gewollt; es kommt der Tag, der die Allweisheit auch darin kundtun wird. Und folgendergestalt erbaue ich den Staat: Erstlich von unten heraufwachsend alle Gebilde, fest, abgerundet, unveränderlich. Geschlossene Bauerngüter, erbend vom Vater zum Sohn auf den Ältesten, nicht zu zerstückeln, nicht zu veräußern; die jüngern Geschwister können dienen oder in andre Höfe heiraten. Über dieser Grundfläche der gesellschaftlichen Kristallisation die mannigfaltigen, aber für alle Zeit bestimmten Winkel eines tüchtigen Lehnwesens. Die Besitzungen des Adels Eigentum der Familie als idealen Begriffs, nicht des einzelnen; Majorate und Fideicommisse begünstigt, so weit es nur angeht; die Nachgebornen versorgt durch Staats- und Kriegsstellen. In beiden Ständen der Mensch nur gedacht als Person, soweit er besitzt, eine Darstellung gewissermaßen des flüchtigen Lebensgeistes, der aus der Scholle aufsteigt, die Repräsentation, so zu sagen, des Ackerduftes. Zwischen Bauern und Adel die Städte, gefestigt in aller Tugend, Art und Zucht durch das Heiligtum der Zunft und Innung. Wenn dann auf diese derbe Masse hinab sich von oben die alles durchdringende Intelligenz und Gnade des Monarchen ergießt...»

«So ist der Pudding fertig mit süßer Brühe drüber!» rief Anselm überlaut und klatschte, vergnügt über seinen Einfall, in die Hände. «Die Bauern sind der dicke Mehlteig drin, der Adel ist die braune Kruste, und die Städte stecken als Rosinen zwischen beiden. Die Brühe aber gibt der Regent zu dem Gebäck. – Sieh hier», so wandte er nun belehrend sich an mich, «sieh hier, was ein sonst vernünftiger Mann salbadert, wenn er einem unvernünftigen Systeme anhängt! Gibt es einen krassern Fetischismus, als Gott, den erhabnen Urquell von Freiheit und Recht, Vernunft und Wahrheit, in einer alten krummen Sackgasse, in einem beräucherten Pergamente zu verehren? Und mit seinen Kristallisationen, seinem Ackerdufte, seinen Erstgeburten und seinem Zunftzwange merkt er nicht, daß er in die allergrausamsten Widersprüche gerät. Er predigt das Evangelium des Bestehenden und will alles umstürzen, was grade jetzt denn doch so halb und halb schon besteht. Er, der Absolute, ist der entsetzlichste Revolutionär, den man sich denken kann. Wir wollen die Maschine doch nur etwas rascher vorwärtsschrauben; er aber will sie zurückschrauben, worüber denn natürlich das ganze Werk mit Federn und Rädern zerbrechen muß. Ich denke, mein weiser Freund, du wirst mir die Feigheit meines Bleistifts nicht wieder vorwerfen!»

Auf diese mit großem Triumph geschlossene Rede entgegnete Ernst durch einen Blick, in dem sich ein unbeschreiblicher Zorn aussprach. Er kratzte an seiner Schläfe, er bewegte die Lippen und rang vergebens nach Worten. Ich befürchtete eine verdrießliche Szene und suchte den Sturm durch einen Scherz beschwören. «Die Juden werden deine Schöpfung nicht aufkommen lassen, lieber Ernst», sagte ich zu dem ergrimmten Freunde. «Du weißt, sie besitzen das Geld und haben die Hypotheken auf Bauer- und Rittergüter; die Hypothek ist aber bekanntlich eine geschworene Feindin aller Unveräußerlichkeit.»

Ernst hatte sich gefunden, blickte das Bild des Erlösers auf seiner Dose an, nahm eine noch größere Prise als früher und sprach: «Die Juden treibe ich eben ganz aus; die müssen sämtlich fort. Sie sind nur durch eine verächtliche Nachgiebigkeit unter uns emporgekommen. Was soll das orientalische Hirtenvolk in deutschschriftlichen Staaten? Ich jage sie also in die Wüste, woher sie gekommen sind und wohin sie gehören. Diejenigen, welche bleiben wollen, müssen sich gefallen lassen, in die Vorstädte oder in bestimmte Straßen zu ziehen. Nichts wird ihnen erlaubt als das Schachern; in meinem Staate sollen sie nie was anderes sein als Heuerlinge und Knechte!»

Dies war Anselmen zu viel. Ich kannte seine Ansicht von dem Punkte. Ernst hatte ihn in seinen heiligsten Empfindungen verletzt. «Frevle nicht!» rief er mit erhabener Gebärde. «Die Juden sind das Lebensprinzip unseres Daseins; sie versuchen alles, sie können alles, sie bringen Bewegung in das Stockende. Noch mehr sollten sie begünstigt werden, als es schon geschehen ist. Man sollte sie in ihren Rechten über die Christen hinausstellen, damit wir durch Brotneid und Ämulation aus unserm Schlafe erweckt würden. Philosophieren die Juden nicht? Gibt es nicht Staatskundige, Tiefdenker, Universalköpfe unter ihnen? Wer leiht das Geld zu den Kriegen her, welche die Könige führen? In diesem Volke, das sage ich dir, bricht die Morgenröte unsrer bessern Zukunft an. Nein, ich ließe sie Richter werden, Lehrer der Jugend; ein Jude müßte Theologie studieren und in der Kirche predigen können!»

«Wenn man dergleichen hört», erwiderte Ernst und rang die Hände, «so fallen einem alle Ungereimtheiten ein, die man heutzutage vernehmen muß. Sprich nur weiter, Anselm! Ich bin dein Gast; ich kenne meine Pflichten. Ich habe es in Geduld ertragen müssen, wenn sie mir von der Mamsell Lenormand vorschwatzten, von dem wundertätigen Schäferknecht, vom Magnetismus...» Nun war ich angegriffen. Sollte ich den Magnetismus, eine Sache, an welche ich glaubte, die ich durch teure Erfahrungen kennengelernt hatte, mir schelten lassen? Ich fuhr auf und sagte, was ich auf dem Herzen trug. «Wie kann man den Magnetismus eine Fabel nennen, das durch tausend Proben verbürgte Geheimnis der Seele!» sagte ich. Sie hörten nicht auf, sie waren schon wieder tief in ihren Theorien. Ich erhitzte mich, ich erbat mir Ruhe, ich erzählte, daß mir selbst die wunderbarsten Erscheinungen jenes Zustandes in Ems geworden wären, was nun freilich nur zur Hälfte richtig war. Wir sprachen zuletzt alle durcheinander, Anselm von den Tendenzen des Jahrhunderts, Ernst von der Legitimität und ich vom siderischen Bezuge. Es achtete aber keiner mehr dessen, was der andere sagte.

So standen wir drei Narren und schwatzten und ständen und schwatzten vielleicht noch, wenn nicht plötzlich der Bediente eingetreten wäre und unsern Wirt bescheidentlich gefragt hätte, wieviel Kouverts der Herr befehle. Dieses Wort erinnerte mich, daß ich in Köln sei; diese Erinnerung erinnerte mich an den Karneval und an die Absicht meiner Reise. Hastig zog ich meine Uhr hervor und meinte vor Verdruß zu vergehen, als ich sah, daß es hoch Mittag war. Ich ließ die beiden Disputanten, sie und unser Gespräch verwünschend, stehn, rannte auf die Straße und suchte noch einige Stücke vom großen Geckentage zu erwischen. Aber alles war vorbei. Die Leute trieben ihre Hantierungen, die alte tolle Stadt Köln sah so grau und vernünftig aus wie immer. Nur ein armer blasser und müder Harlekin begegnete mir auf meiner Wanderung; ich fragte ihn, ob denn der Maskenzug ganz vorüber sei. «Ja», versetzte der Mensch, «Gott sei Dank! Die Strapaze hätten wir einmal wieder gehabt.» – «Macht Euch denn die Sache kein Vergnügen?» – «O ja», erwiderte Harlekin und gähnte, «wenn viele Schikanen vorkommen.» – «Schikanen?» – «Nun ja, wenn sie dem und jenem eine tüchtige Kabale machen.» – «Ah so», rief ich, «Ihr meint, wenn recht viel persönliche Persiflage vorkommt?» – «Ich weiß nicht, was Sie wollen», erwiderte der verdrossene Harlekin; «verstehen Sie denn kein Deutsch? Kabale ist, wenn einer hier sein Hab und Gut verspielt, und sie fahren ihn dann in einem Anzuge von Karten und die Hausnummer und die ersten Buchstaben von seinem Namen auf dem Buckel in der Stadt umher, oder sonst dergleichen Sachen.» – Ich wollte mir von ihm die Hauptfiguren, die heut erschienen seien, nennen lassen; aber der Mensch wünschte mir, obgleich es hoch Mittag war, eine gute Nacht; denn er wollte sich schlafen legen. – Warum war ich denn hergekommen? Ich war äußerst böse auf mich und mein Quängeln, auf den Liberalismus, den Servilismus und den Magnetismus, die mich um unser deutsches Volksfest mit seinen Schikanen und Kabalen so schnöde gebracht hatten.

Nun stand noch meine ganze Hoffnung auf den großen Ball im alten Reichssaale Gürzenich. Aber wollte ich Masken sehen? Ach nein, ganz andre Dinge wünschte ich, hoffte ich zu erblicken. Das Herz ist ein fruchtbarer Acker, und die Gefühle sind ein unvertilgbares Unkraut; die Jahre mögen noch so lange darüber hingepflügt haben, immer schlagen die Keime wieder aus. Ich war doch ein verheirateter Mann von Charakter und Grundsätzen; wie durfte ich denn nun den ganzen Nachmittag über und die Abendstunden hindurch an nichts denken als an die sonderbaren Zeilen in der Karnevalszeitung und ob Sidonie wohl ihr Wort halten werde? «Aber es ist ja auch weiter nichts als Neugier», sagte ich zu mir selbst. – Diesmal sollte kein System mich über die Stunde des Rendezvous hinaus festhalten; ich blieb unter dem Vorwande einer Unpäßlichkeit auf meinem Zimmer allein und schlich mit dem Glockenschlag zehn, in meinen Mantel gehüllt, den Domino darunter, aus dem Hause. Aus dem weitläufigen, winkligen Gebäude drang mir der Schall der Geigen und Flöten, der Trompeten und Pauken entgegen; helle Fenster sahen wie die Augen des Festes hernieder. Ich drängte mich durch das ab- und zuströmende Getümmel die Treppe hinauf, ich gelangte in den Vorsaal; dort war ja der Ort, wohin man mich beschieden hatte. Ich musterte die Gärtnerinnen, die Fischerinnen, die Zigeunermädchen, die an mir durch in den Saal zogen; die ich suchte, war nicht darunter. Unter meiner Maske spähte ich umher; endlich bewegte ich mich auch nach dem Tanzsaale, ungeduldig, mit halber Hoffnung. Plötzlich fühle ich, daß mir in die hinabhängende Hand von hinten rasch etwas Metallisches gedrückt wird. Ebenso rasch zieht man es zurück. Ich drehe mich um: eine Fledermaus steht vor mir und hält mir den Ring, den ich Sidonien in Ems gegeben hatte, unter die Augen. Sie war es; ich meinte im Himmel zu sein. «Bist du's?» flüsterte ich ihr zu. – «Sind Sie's?» flüsterte sie zurück.- «Hier das Zeichen!» rief ich und streifte mir Sidoniens Brillantring vom Finger; denn ich hatte dieses Kleinod freilich leider doch mitgenommen. Sie nahm den Ring, besah ihn prüfend, steckte ihn an und sagte: «Ja, er ist's.» – «Da ist mein Antlitz!» rief ich und demaskierte mich. «Man soll das Glück nicht fragen: woher kommst du? Aber wie kann ich, wie mag ich diesen seligen Augenblick ergreifen! Was führt dich her?» – «Die Torheit», versetzte sie lachend. «Kommen Sie, mein Herr! Es ist Fasching; wir wollen einen fröhlichen Abend zusammen haben.» Sie nahm meinen Arm; ich konnte mich in dieses freie und lustige Wesen, welches mit ihrer frühern Schwermut so auffallend kontrastierte, durchaus nicht finden. Indem ich sie halb gedankenlos führte oder mich vielmehr von ihr führen ließ, merkte ich, daß sie in einem fort für sich kicherte. «Sie sind ja so heiter», sagte ich, um nur etwas zu sagen. – «Es ist auch eine Situation zum Totlachen», versetzte sie.

Ich hätte so gern etwas Sentimentalität gehabt. Ich bat sie, die Larve hinwegzutun, mich in ihre Augen blicken zu lassen. «Nein», sagte sie; «die Liebe ist ein Geheimnis; trachten Sie nicht nach verborgenen Dingen! Lassen Sie mich Fledermaus sein und bleiben! Wie befindet sich Ihre werte Frau Gemahlin?» Ein solches Wort aus ihrem Munde! Mir war, als würde mir ein Eimer eiskalten Wassers über dem Haupte ausgeleert. «Lassen wir die Gute ruhen, die wohl jetzt bereits schläft!» versetzte ich. War ich in der Gewalt eines Dämons, eines Kobolds? Sie wollte durchaus die Figur meiner Frau, ihre guten und schlechten Eigenschaften von mir beschrieben wissen. Ich sagte ihr verlegen und gepeinigt, meine Frau sei eine Frau, wie es manche gebe, und ihre Figur gehe so eben mit hin.

Wir standen vor einem ansehnlichen Hause. «Hier ist eine Restauration», sagte meine Schöne. «Erwarten Sie mich dort! Ich hole uns Gesellschaft.» – «Wozu Gesellschaft? Gönne mir einige reizende Minuten mit dir allein!» rief ich leidenschaftlich. Aber schon war sie mir entschlüpft und um die nächste Ecke verschwunden.

In der erleuchteten Weinstube trat mir der Besitzer entgegen, eine breite untersetzte Figur mit vergnügten Froschaugen im roten glänzenden Gesichte. «Guten Abend, mein Herr!» schnarrte er pustend. «Nun, es freut mich doch, daß es noch mehr vernünftige Leute gibt, die den Saus und Braus nicht lieben und ein solides Gläschen Wein dem dummen Zeuge vorziehen. Ich sage immer, Kinder, sage ich, stellt euch nur nicht an, als müßtet ihr mit Gewalt in den paar Tagen närrisch werden! Es geht auch ohne dieses. Ihr macht das ganze Jahr durch quatsche Streiche gerade so viel, als ein jeder aufbringen kann. Die ganze Welt ist ein Orchester, wir sind die Instrumente drin! Ja, ja, nichts Neues unter der Sonne! O mein Herr, ein Speisewirt lernt die Menschen kennen.»

Ich unterbrach den Strom seiner Rede und forderte lebhaft und dringend ein einsames Stübchen, Austern und Champagner. Der Frosch sah mich lächelnd listig an, gab einem dienstbaren Geiste seine Befehle und sagte, mich vom Kopf bis zum Fuß überschauend: «Aha! Einsames Stübchen – Austern – Champagner. Sie gehören also in die vierte Klasse.»

«Vierte Klasse?» fragte ich zerstreut, nach der Tür blickend, durch welche noch nichts kommen wollte. – «Ja, mein Herr», fuhr der Wirt in seiner Peroration fort; «bei mir wird alles nach Klassen bedient, nach Übersichten. Ich bin kein Routinier, ich habe ein System, ich werde die nächste Versammlung der Naturforscher besuchen; denn ein Weingast ist doch auch ein Naturprodukt.» Er lachte über diesen Einfall mehr, als letzterer verdiente. Als er wieder zu sich selbst gekommen war, schwadronierte er weiter: «Ich habe mir in meiner dreißigjährigen Praxis im ganzen fünf Klassen von Gästen abstrahiert. Sehen Sie, mein Herr, in der ersten Klasse stehn die Schlemmer. Die schlagen das liebe Gut hinein, mir nichts, dir nichts; denen ist Wein Wein und Kaviar Kaviar, sie denken an nichts als an Essen und Trinken dabei. Nun, die bekommen die Flasche denn auch nur so hingesetzt ohne Feinheit, ohne daß ein Wort mit ihnen gesprochen wird. Das ist der Schlamm, die Grundsuppe einer Weinstube. Nun kommt die zweite Klasse: die Gesprächigen. Hübsche Leute, scharmante Leute! Trinken, um besser klatschen zu können, wissen alles, reden von allem, ob der Türkenkrieg ein allgemeiner werde, wie es mit Herrn Hinzens Vermögensumständen sich habe, ob Madame Kunz schon wieder verheiratet sei, und dergleichen mehr.»

«Und wie behandeln Sie diese?» fragte ich den Schwätzer.

«Zu denen setze ich mich; von denen lasse ich mich aufziehen», erwiderte er, «und dafür geben sie etwas mehr als die andern. Die dritte Klasse begreift die Melancholischen und Hochmütigen unter sich. Sie sind mit Gott und der Welt zerfallen, wissen nicht, wo es ihnen sitzt, möchten aus der Haut fahren, ohne sagen zu können, wohin, fühlen ihre Gaben nirgends anerkannt, hätten viel höher steigen müssen, wenn es nach Verdienst gegangen wäre, haben den Befreiungskrieg mitgemacht, hängen das Maul und sehen grimmig aus.»

«Die werden wohl am flinksten bedient?» – «Keineswegs! Sie müssen erst dreimal rufen und dann etwas fluchen, ehe sie das Ihrige erhalten. So einer hat nur Vergnügen von der Sache, wenn er sich gelinde dabei ärgert. Dann schmeckt ihm der Wein; darum erhält er ihn auch nicht ohne diese Zutat. Nun folgt Ihre Klasse, nämlich die der Verliebten. Diese zerfällt in zwei Unterabteilungen; es gibt nämlich glückliche und unglückliche Liebende. Ich bin diskret; warum soll ich einem Pärchen, das sich den Eltern oder Vormündern zum Trotz gern haben möchte, nicht einen stillen Ort gewähren? Nun, weil ich diskret bin, kein Wort mehr von dieser Materie! Im allgemeinen muß ich nur noch sagen, daß diese Klasse mir mit am meisten einbringt; denn die glücklichen Liebenden fordern immer das Delikateste, und die unglücklichen sind wenigstens außerordentlich durstig. Der Mensch wird nie innerlich trockener, als wenn er viel weint.»

«Sie sind mir noch die fünfte Klasse schuldig geblieben.»

«Da sitzen drei Exemplare von derselben», sagte der Wirt und wies in eine Ecke des Zimmers. Ich sah drei ältliche Männer um einen Tisch sitzen, bleich, mit regungslosen Gesichtern und im gemessenen Tempo ihre Gläser zum Munde führen. Man wußte nicht, blickten sie einander an oder nicht; sie schauten starr vor sich hin, und wenn sie nicht tranken, so machte jeder mit den Fingern die Daumenmühle. «Das sind die sogenannten Stammgäste», fuhr der Wirt fort; «das ist der eiserne Bestand, der zu jeder Weinstube gehört. Alte Junggesellen, Hagestolze, Geistliche kommen jahraus, jahrein um dieselbe Stunde und gehen um dieselbe Stunde weg, sitzen immer an einem Flecke, sprechen immer dasselbe. Mit denen hat man eine Art von Religion: man schickt ihnen von dem ersten Fasse neuer Heringe, und zu Neujahr bekommt ein jeder eine neue Gipspfeife mit einer roten Federspitze. Wenn ein Stammgast stirbt, wird sein Stuhl weggesetzt und bleibt ungebraucht; kein anderer erhält ihn hinterher. Es ist gleich halb elf; das ist die Zeit, wo diese ihre Geschichten erzählen. Ich nenne sie die Versteinerungen oder die drei Kalender. Der da im schwarzen altmodischen Rock mit der Kappe ist der Altkölner, der mit dem Puderzopf ist der Stockpreuße, und der mit dem starken Backenbart ist der Bonapartist.»

Indem hob der Seiger aus, und auf dieses Zeichen war es, als ob drei Automaten lebendig würden.

Sie ruckten auf ihren Stühlen, räusperten sich, stießen mit den Gläsern an und bewegten ihre Lippen, als wollten sie diese eingerosteten Werkzeuge zum Gebrauch erst wieder instand setzen.

Darauf begann der erste Kalender, der Altkölner, seine Geschichte und sprach:

«Ja, ja, die Stadt, die Stadt! Es geht nichts über die Stadt, wie sie war, ehe ihr Herren Franzosen und ihr Herren Preußen ins Land kamt; denn jetzo ist es nicht viel mehr mit der Stadt. Wer dazumal die Stadt gesehen hat, der hat was gesehen. Es war so ein Wesen, so eine Art darin, man kann's nicht beschreiben; aber wer's mit durchgemacht hat, vergißt es sein Lebtage nicht. Wenn man so den Sonntag hinüber ging nach Deutz, seinen Schoppen zu trinken im Marienbildchen, dann hieß es rechts und links: Gevatter, geht Ihr auch nach Deutz? Ja, ich gehe auch nach Deutz, antworteten die andern.

Und dann sagten sie alle zusammen: Wer nicht nach Deutz geht, ist kein echter Kölner. Ja, ja, es war eine Zeit – ich habe sie erlebt. Das Fleisch kostete nicht viel, das Brot wenig, die Fische verdarben fast auf dem Markte; die Stadt steckte nicht so voll Menschen, so voll Mäuler als jetzt. Wenn man auf den Straßen ging, konnte man doch seine Gedanken zusammenhalten; es war hübsch still und sachte drin, nicht so ein Getriebe und Geschreie, so ein Gehandle und Gewandle als jetzunder. Drei Tage nur durfte der Kurfürst hintereinander in der Stadt verweilen – so hat es der Verbundbrief von Anno 1437 bestimmt; so hat's gegolten bis zuletzt. Anno 89 kam Max Franz von Bonn herüber; er hatte hier Geschäfte, er wollte eine Schule in Ordnung bringen; er wurde nicht fertig in den drei Tagen. Er bat den Rat, ihm den vierten Tag für diesmal zu gestatten. Ich schrieb damals bei den Herren; ich habe die Antwort mundiert: Nein, sagte der Rat, es ist besser, daß eine Schule in Unordnung bleibt, als daß die Stadt mit ihren Privilegien in Unordnung gerät – und schlug's dem Herrn ab. Ja, ja, das haben wir gehabt und kriegen's nicht wieder; nun, wer kann's ändern? Die Zeiten sind schlecht; wir können sie nicht verbessern.»

Hierauf begann der zweite Kalender, der Stockpreuße, seine Geschichte und sprach:

«Donner und Wetter! Freilich sind die Zeiten schlecht und absonderlich für einen alten Preußen. Da muß ich nun auf meine letzten Tage noch in euer sakramentsches Pfaffennest geraten, wo ich mir über dem nichtsnutzigen Pflaster in meinen großen Stiefeln zehnmal des Tages den Hals breche. Denkt ihr, ihr seht jetzt Preußen, wenn ihr die jungen Bürschchen mit den Milchgesichtern, den leichten Mützen, den kurzen Jacken, den weiten Überhosen umherlaufen seht? Ja, prosit die Mahlzeit! Preußen seht ihr nicht. Zum Preußen gehört: erstens ein Schnauzbart, zweitens ein dreieckiger Hut, drittens ein Zopf, viertens Puder, fünftens lederne Hosen, sechstens steife Stiefeln und endlich siebentens die Fuchtel. Als ich Anno drei, meinen Abschied in der Hand, vor dem Obersten stand: Herr Oberst, fragte ich, kann ich im Zivil meine ledernen Hosen und die großen Stiefeln weiter tragen? – Wachtmeister, antwortete der Oberst, der Kavallerist bleibt ewig Kavallerist, er bleibt auch im Civil Kavallerist; ein preußischer Reiter geht mit Stiefeln und Sporen ins Himmelreich ein. – Da kam die Franzosengeschichte; sie

trommelten und schrien um mich her: Vive l'empereur! – Ich dachte: Schreit ihr nur! Viel Geschrei und wenig Wolle. Ich behalte meine ledernen Hosen und meine großen Stiefeln an für die Zukunft. –
Anno dreizehn ging's los; wie schlug mir das Herz! Aber zum Teufel, es war nicht mehr die alte Sache. Ich meldete mich freiwillig zur
Landwehr; ich war längst aus den Jahren. Schön, brav! sagte der
Aushebungskommissarius; aber die großen Stiefeln und die ledernen Hosen müssen Sie ablegen; die werden nicht mehr getragen. –
Dann geht es nicht, erwiderte ich; die trage ich mit Ehren, ohne die
vermag ich nichts, die marschieren mit mir ins Grab. – So blieb ich
zu Hause, las die Zeitungen und exerzierte den Landsturm; bei dem
wurde es so genau nicht genommen mit der Montierung. Nun, sie
haben's anerkannt, daß ich ein brandenburgisches Herz führe, und
mir den Posten in eurem verwünschten Steinklumpen gegeben.
Aber mir gefällt's nicht mehr in der Welt: das preußische Wesen ist
hinüber; der Staat wird nicht lange mehr bestehen; davon bin ich
fest überzeugt. Was mich wundert, ist, daß es mit den neumodi-
schen Streichen in den letzten Kampagnen noch so passabel gut
fleckte. Es war nichts mehr, wie es sein sollte, das versichere ich
euch: keine Zelte, keine Regimentsquartiermeister, keine Hühner-
wagen für die Herren Generale und Kommandeure, kein Schick
und kein Takt, kein Nichts und kein Alles. Die Sache nimmt ein
schlechtes Ende, sagte ich damals, und doch schlug sie noch soso
aus – begreif es, wer kann! Ich kann's nicht.»

Endlich begann der dritte Kalender, der Bonapartist, seine Geschichte und sprach:

«Daran ist niemand schuld als der verwünschte Feuerwerker, der
die Elsterbrücke bei Leipzig zu früh sprengte. Wir haben euch
Preußen überall geschlagen; wir sind singend von Moskau nach
Paris gekommen. Die Elemente haben uns überwunden und die
Überzahl und der Duc d'Otrante und die Verräterei. Der Kaiser! Ich
habe ihn gesehn – es gefällt mir keiner mehr nach ihm. Was soll
man machen? Die glückliche Zeit ist vorbei. Die Steuern waren
geringer als jetzt, die Konscription ist geblieben, die Konstitution ist
nicht gekommen. Am schlimmsten ging es mir. Ich war in Dresden
während der sächsischen Kampagne Magazinverwalter; ich hielt
mein Magazin, das muß ich sagen, in Ordnung, die Soldaten beka-
men alles gut und in vollwichtigen Rationen. Wer den armen Teu-

feln das Ihrige nimmt, dachte ich, stiehlt's aus der Kirche. Enfin! Was ist's weiter, wenn man seine Pflicht tut? Eh bien! Was geschieht? Der Kaiser, zu Pferde, kommt eines Tages, reitet in mein Magazin, hinter ihm der Prince de Neufchâtel und der Prince Poniatowsky und der Général St. Cyr. Zu Pferde revidiert er alles, läßt sich jeden Artikel zeigen, kostet das Brot, probiert den Branntwein. Und da er nun alles gut findet und besser als irgendwo, wird er immer freundlicher, fängt an zu lächeln und sagt: Bon! und zu mir sagt er: Votre nom? – Pützenkirchen, Sire! antworte ich. – Notez! sagt der Kaiser zum Prince de Neufchâtel, und dieser schreibt meinen Namen in seine Schreibtafel. Darauf wirft mir der Kaiser noch einen Blick zu und reitet fort. Nun, ich war seit jenem Tage glücklich. Der Kaiser hatte meinen Namen sich gemerkt; in seinem Blicke lag meine Beförderung. Den Officier payeur oder sonst eine große Charge trug ich in der Tasche. Da muß der versuchte Feuerwerker die Brücke zu früh sprengen – alles war verloren. Ich ging immer mit bis zum Montmartre; der Blick des Kaisers war meine Hoffnung. Nun kam die erste Restauration, da war ich hier; dann kamen die hundert Tage, da war ich wieder in Paris; dann kam der 18. Junius, da war ich wieder hier. Was half's mir nun, daß der Kaiser mich angeblickt hatte und mein Name in der Schreibtafel des Prince de Neufchâtel stand? Geschadet hat mir's. Ich war wohlempfohlen; ich hatte verschiedene Gelegenheiten, angestellt zu werden, wenn ich mich nur gemeldet hätte. Aber immer, wenn's zum Supplizieren kommen sollte, war's als zöge mich etwas bei den Haaren zurück. Wollte ich eine Antichambre frequentieren, sprach eine Stimme in mir: Bleib zurück! Er hat deinen Namen sich sagen lassen. Schnitt ich die Feder zur Bittschrift, kam mir der Blick des Kaisers vor das Auge. Endlich ließ ich es gut sein; es ging doch nicht – ich konnte keinem andern Herrn dienen. Ich nahm meine ersparten Franken zusammen und helfe mir damit durch, so gut es gehen mag. Der Kaiser hat mich befördern wollen; er hat es nicht gekonnt: sie haben ihn zu Nichts gemacht. So will ich unbefördert bleiben und ein Nichts sein wie der Kaiser. Er hätte die Welt glücklich gemacht, wenn er vor Krieg dazu gelangt wäre; nun liegt er auf der Insel Ste. Hélàne, und das bißchen Erde, was sie von dem Felsen haben abkratzen können, liegt über ihm. Es ist vorbei mit der Welt; sie hat eine Lücke bekommen. Wer wird sie ausfüllen?»

«Die Hegelsche Philosophie!» sagte eine Stimme nahebei, die den Frühling des Lebens verriet. Die Kalender blickten sich um; das Froschgesicht und ich taten desgleichen. Wir sahen an einem Tische einen rosenroten weißhärigen Jüngling sitzen, den wir bis jetzt übersehen hatten. «Die Hegelsche Philosophie!» wiederholte der Jüngling. Er blieb sitzen und belehrte uns, kalt wie ein Sechziger, akzentlos, folgendergestalt:

«Was ist Geist? Das zum Bewußtsein gesteigerte Sein. Wohin soll alles Sein streben? Zum Dasein im Geist und Bewußtsein. Wodurch wird die Aufgabe gelöst? Durch das System. Dieses bringt eigentlich alle Dinge erst zur wahren Existenz; wenn wir von denselben und über dieselben reden, dann beginnen sie, im höhern Verstande, vorhanden zu sein. Der Held, die Tat, die Institution, das Kunstwerk – werden zu allem diesem erst, wenn wir angegeben haben, auf welche Weise ihr Sichverunmittelbaren, ihr sich in der Idee und durch die Idee Darstellen geschehen sei. Vorher waren sie Schatten; nun erst erhalten sie wahres Leben. Sie zum Beispiel» – mit diesen Worten wandte er sich an den Altkölner – «sind die Darstellung des in sich Abgeschlossenseins kalt-monoton-verdrossen-gemeinheitlicher Zustände. Sie» – er meinte den Stockpreußen – «bedeuten den Niederschlag aus dem schlechthin ins Leere gerichteten Sich-selbst-isolieren Friedrichs, den wir den Großen nennen. Sie» – nämlich der Bonapartist – «erscheinen als Typus des Hingegebenseins der durch Wort und Schall abgeklärten und in ihrer Klarheit unseligen Zeit an die dunkle Prägnanz der Tat und an das Imponieren eines bedeutenden Charakters – aus insularisch-mystischer Schroffheit und primitiver heroen-alterlicher Energie mit neuester, jedoch nur oberflächliche Kultur vereinigender Sinnesart sich gebildet habend. Sehen Sie, meine Herren, nun sind Sie konstruiert; jetzt darf man Ihnen sagen, daß Sie seien. Und hiermit werden Sie zugleich erkannt haben, was die Lücke der Welt ausfüllt. Wir wissen alles, wir vermögen alles; das System macht jegliches Ding lebendig.»

Nicht weiter redete der Jüngling, sondern der Stockpreuße unterbrach ihn und fuhr ihn an: «In dreier Teufel Namen! Herr, wie können Sie mich einen Niederschlag nennen? Ich habe mich nie niederschlagen lassen!» Der altkölnische Kalender fragte den Philosophen, ob er, der alles wisse, auch wohl wisse, wieviel Gaffeln oder Zünfte die Stadt Köln vor der Franzosenherrschaft gehabt habe. Der Bonapartist sagte mit trübem Blicke: «Kann Ihr System meinen Kaiser lebendig machen?» – «Nein, so viel verlange ich nicht», sprach der Wirt, der andere Systematiker, der sich unterdessen keuchend mit einer festgekorkten Flasche abgemüht hatte; «aber da Sie alles vermögen, Herr Doktor, so seien Sie doch von der großen Güte und Gewogenheit, den Pfropfen mir aus dieser Flasche zu schaffen!» Er hielt dem Philosophen die Flasche hin. Dieser murmelte ein verächtliches Wort – nicht in den Bart, denn er besaß noch keinen –, sah uns mitleidig an und ging dann mit gehaltenem Schritt aus dem Zimmer, worin der Versuch, die Welt von seiner Weisheit aus zu begründen, an der Barbarei der Anwesenden gescheitert war. Die drei Kalender erhoben gleichzeitig ihre Römer und sprachen anklingend, dumpf und eintönig: «Die alten guten Zeiten!» Friedlich tranken sie diese Gesundheit, obgleich, wie ihre Reden bewiesen, jeder dabei etwas anderes sich dachte. Der Wirt sagte mir, so säßen sie alle Abende, und so wie heute sprächen sie immer und stets zu derselben Zeit. Sie gingen mit niemandem um. Sie kämen auch nur hier zusammen, und nirgend anderswo hätte man sie je beieinander gesehen.

Das war ein langes und langweiliges Intermezzo. Endlich erschien meine geheimnisvolle Schöne, umgekleidet, im reizenden Pilgerrocke, die beiden Ringe, ihren und meinen, am Hute befestigt – aber in welcher Gesellschaft? Ich rieb mir die Augen, ich glaubte behext zu sein, als ich dem Pilger, der mit ihr Hand in Hand erschien, näher ins Gesicht sah. Es war – mein Schwager, der Bruder meiner Frau! «Guten Abend, Gustav!» redete er mich an. «Sieh, ich habe mich auch noch aufgemacht, den Karneval zu feiern. Meine Schwester läßt dich grüßen und dir sagen, du möchtest hübsch an sie denken!» – «Du hier», rief ich, «und in welcher Gesellschaft?» – «In der besten von der Welt!» versetzte der Schalk. «Ich kenne diese Dame von früher her; sie hat mir die Ehre erzeigt, mich zu sich und dir einzuladen.» – «Mein Herr», sagte die ehemalige Fledermaus, nunmehrige Pilgerin, «komme ich Ihnen ungelegen?» – «Ganz und gar nicht!» stammelte ich in der äußersten Verlegenheit und führte meine Gäste in das artige Nebenzimmer, wo Argandsche Lampen eine angenehme Dämmerung verbreiteten.

Die Pfropfen flogen von den Champagnerflaschen, die Austern waren frisch, die Scherze der Unbekannten flatterten wie bunte Schmetterlinge um die Tafel; mein Schwager überbot sich in Einfällen und schien sehr bei Laune zu sein. Aber mir behagte der Champagner nicht, die Austern quollen mir im Munde; alle diese Scherze stachen wie Nadeln mir ins Haupt. War ich in einer Zauberherberge? Alles schwankte gleich einer Phantasmagorie vor meinen Augen. Draußen trug der Wirt einem neuangekommenen Gaste sein System vor, und zwar gerade so, wie ich es mir hatte erzählen lassen müssen. «Das Zeug», sagte mein Schwager, «schwatzt der Hanswurst seit zehn Jahren jeden Abend; es ist der einzige Witz, den er im Vermögen hat; er soll ihn einmal von einem Studenten gekauft haben.» – «Seien Sie doch fröhlich!» rief die Pilgerin. – «Ich bin es ja», versetzte ich und fing an, von dem traurigen Schicksale Portugals und Don Miguels Grausamkeit zu reden. Sie wollte sich totlachen über diese Probe meiner Heiterkeit und meinte, die ganze portugiesische Geschichte rühre sie nicht so sehr als das traurige Ende des armen Hühnchens, welches mit dem Hähnchen in die Nußhecken ging, Nüsse zu pflücken, und an einem Kerne erstickte. «Ich werde euch eine Tragödie davon vorstellen», sagte mein Schwager, wand sich um den Zeigefinger der rechten und linken

Hand die Zipfel eines Taschentuchs, daß zwei Puppen entstanden, und trug mit Schattenspiel an der Wand in barocken Versen jenes alberne Kindermärchen, dessen man sich vielleicht aus der Grimmschen Sammlung erinnert, dramatisch vor. Sidonie war ganz entzückt von dem Stücke, sprach kauderwelsche lyrische Chorstrophen dazwischen, und ich ging umher, mich dieser Possen schämend und nicht wissend, ob ich im Tollhause sei oder in vernünftiger Gesellschaft.

«Nun müssen wir rezensieren; denn wir sind im nördlichen Deutschland», sagte die verwandelte Schwermütige, als jener Gallimathias vorüber war. «Wohlan, mein Herr, was halten Sie vom Gedicht und Dichter?» – «Ich habe immer bedauert, daß Adolf sein Talent nicht öffentlich zeigt», versetzte ich. «Nichts da», rief mein Schwager, «verführe mich nicht zur Torheit! Das Leben will Handlungen, nicht Verse; für das Gesindel, für den Pöbel sich zu bemühen ist das allerschlechteste Metier, und doch hat der Dichter kein anderes. Aber lobt mich nur, so heftig ihr wollt, und damit meine Bescheidenheit nicht zu erröten brauche, will ich mich auf einige Augenblicke entfernen.»

Wir waren allein. Endlich! Ersehnter Moment! Mir brannte das Herz, aber nicht vor Liebe. Die Gegenwart meines Schwagers, jene Possen, die Ausgelassenheit Sidoniens, die ich gar nicht fassen konnte, wenn ich an ihr früheres Benehmen dachte – alles hatte mich abgekühlt. So wahr ist es, daß Witz und Scherz die besten Gegenmittel wider lebhafte Empfindungen sind. Ich dachte ernstlich an meine Frau, ich dachte an die Tugend; Sidonie hatte sich in den Sofa gesetzt; ich machte einen Gang durch das Zimmer, holte tief Atem und hielt darauf eine Rede, die so konfus war, wie Reden immer zu geraten pflegen, wenn sie recht schön werden sollen. Ich sprach von gewissen Verhältnissen, die gewisse andere Verhältnisse fortzusetzen nicht gestatteten, von Pflichten und Rechten, von Ruhe Seele, die man sich um jeden Preis bewahren müsse, von Entsagung und dergleichen mehr. Ich war während dieser Rede wieder warm geworden – ihre Gestalt im Sofa schwamm so lockend vor mir – o Himmel, der Mensch ist sehr schwach! Meine Rede voll Grundsatz und Regel schloß mit der Bitte, mir einen Abschiedskuß zu geben. Sie stand auf, sie kam mir entgegen; ich wollte meine Lippen auf die ihrigen drücken; die verdammte Maske ließ als echtes Symbol trennender Verhältnisse diese Zärtlichkeit nicht zu. «Nimm doch die Maske ab!» flehte ich dringend. – «Nein», versetzte sie, «die Geheimnisse werden früh genug sich enthüllen; heute ist's noch zu früh.» Ich beschwor sie, mir endlich über sich, ihr Schicksal, den Grund ihres Hierseins Licht zu geben. Sie war unerbittlich. Da ich ihre Lippen nicht erreichen konnte, so preßte ich meinen Mund auf ihre Schulter, ihren Nacken – ich hielt sie fest umschlossen; gern hätte ich sie nie wieder aus meinen Armen gegeben. Sie duldete diese Liebkosungen eine Zeitlang ganz ruhig; auf einmal aber entwand sie sich mir wie ein Aal und sagte: «Nun ist's genug» und «Das für die tugendhafte Rede nebst allem, was ihr folgte!» Unter diesen Worten und ehe ich noch über deren Sinn nachdenken konnte, hatte sie mir mit bewundernswürdiger Schnelligkeit einen der derbsten Backenstreiche gegeben, die je von weißer Hand ausgeteilt worden sind. Sie floh; ich folgte ihr, erzürnt, meine feuernde Wange haltend. Durch den Hausflur, über die Straße sah ich das Gewand der Pilgerin wehen. Eine zweite Figur, eine männliche, hatte sich auf einmal zu ihr gesellt; war das mein Schwager? Sie liefen so rasch, daß ich sie nicht einholen konnte. Vom Himmel begann ein leichter Schnee zu fallen. Die Umrisse der Gestalten wurden in demselben schwächer; endlich war es mir, als ob sie in Flocken auseinanderflössen. Verschwunden waren beide; ich stand in der ödesten Gegend der Stadt, emporgeschüttelt aus einem Zaubermärchen, unter dem schneienden Himmel mit meiner Ohrfeige allein.

Ein leiser Gesang in meiner Nähe machte mich aufmerksam. Ich sah mich um, ich stand unter dem Portale einer Kirche. Seitwärts befand sich eine Nische, in der etliche trüb brennende Lampen das steinerne Bild des Gekreuzigten mit der Mutter und dem Lieblingsjünger zu seinen Füßen beleuchteten. Eine weibliche Figur lag in später Andacht vor dem Heiligtume auf den Knien. Von ihr rührte der Gesang her; ich horchte und konnte folgende Strophen vernehmen, die wohl aus einem Kirchenliede sein mußten:

«Das Herz verblutet und zerrissen,
Die Seele voll von jeder Qual,
Mein Leiden und mein krank Gewissen
Bring' ich vor Deines Augen Strahl.

Ach, keiner möchte solche Gaben,
Kein Mensch, der selber schwankt und irrt;
Du aber lächelst, nimmst erhaben,
Was von der Welt verworfen wird.»

Diese rührende Klage wurde oft von einem Husten unterbrochen, in den die Singende verfiel. Jetzt hatte sie ihr Gebet vollendet; sie erhob sich, wickelte sich fröstelnd in ihren schwarzen Mantel und wollte an mir vorbeigehn. Der Schnee hatte aufgehört, der Himmel war hell geworden, der Vollmond übergoß alle Gegenstände mit der Klarheit eines matten Tages. Indem die Büßerin sich mir nahte, blickte sie mir ins Gesicht; ich sehe sie eine heftige Bewegung mit der Hand machen, ich höre einen Schrei, dem ein konvulsivischer Husten folgt; unter Zuckungen sinkt sie auf die Bank vor dem Kruzifixe. Ich eile zu der Leidenden, ich schlage den Kragen des Mantels, den sie wie eine Kapuze über dem Haupte trug, zurück, ihr Gesicht wird frei, und – ich meine vor Schreck und Entsetzen zu vergehen! Sollte sich denn heute alles vereinigen, mich um Sinn und Verstand zu bringen? «Sidonie!» rufe ich überlaut; denn sie war es ja, sie blieb es; ich mochte meine Augen Lügner schelten; ich mochte mir sagen, mir zehnmal sagen, daß ja eben Sidonie mich verlassen habe, vor mir verschwunden sei unter wildem Scherz, unter ausschweifender Neckerei, daß dieses blasse, zerstörte Gesicht, diese hohlen Augen nicht Sidoniens sein könnten. «Ich bin Sidonie», sagte die Bleiche mit schwacher, hektischer Stimme. «Jetzt müssen wir uns wiedersehen, hier! Welch ein wunderbarer Zufall!» – «Um Gottes willen, Sidonie», rief ich, «retten Sie meinen Kopf, der zu erkranken beginnt! Sind Sie doppelt? War jene oder sind Sie ein Gespenst? Sie haben mich ja hierher eingeladen; Sie waren ja auf dem Karneval mit mir maskiert!» – «Ich – auf dem Karneval?» erwiderte sie kaum hörbar, und ein neuer Anstoß ihres Übels vollendete den Sinn der Antwort. – «Aber jene, die ich sah, zeigte mir ja den Ring, meinen Ring, den Sie von mir erhalten hatten?» – «Den haben sie mir vor Gericht abgenommen; ich weiß nicht, in welche Hände er geraten sein mag.» – «Vor Gericht? Sind Sie vor Gericht gewesen? Himmel, was hatten Sie vor Gericht zu tun?» – «Ich gab Rechenschaft von meinem Tun; ich hatte aber nichts begangen, was eure Gesetze bestrafen; sie erteilten mir die Freiheit wieder; ich bin nach meinem Gesetze gerichtet.» Ich rieb mir die Stirn – meine Seele lag auf der Folterbank schrecklicher Ahnungen.

«Sie wohnen...?» sagte ich.

«Seit vier Wochen hier. Aus den kleinen Städten lästerten sie mich weg. Köln ist groß; hier kann man unbemerkt, ruhig sterben.»

«Und allein – in der Nacht...?» stotterte ich. – «Ich scheue mich vor dem Tage; die Mitternacht ist meine Freundin. Das Auge Gottes leuchtet am hellsten durch das Dunkel; wenn die Geister beginnen umherzuwandeln, dann ist meine Stunde; denn ich bin ja auch nur noch ein Geist unter den Lebendigen. Dringen Sie nicht weiter in mich! Ach, wie ich mich freue, Sie noch einmal gesehen zu haben! So recht vom ganzen, ganzen Herzen! Auf dieses Glück hatte ich nicht gehofft. Wie ich Sie geliebt habe! Ich sterbe, so darf ich es Ihnen wohl sagen. Nicht gleich. Nicht damals, als Sie es glaubten; – aber nachher, ja nachher, als ich bedachte, welche überschwengliche Wohltat Sie mir erzeigt hatten. Mein Freund, mein Retter, mein Engel, du Werkzeug des Himmels! Ich bat dich um das Heilmittel, dort oben auf dem Felsen, und du hast mir das Heilmittel wirklich gereicht! Meine Auflösung ist nahe. Aber mein Gefühl nehme ich mit hinüber und will es am Throne der ewigen Güte bekennen; denn diesmal hat die Tugend die Liebe geschaffen, was ja, ach, so selten ist. Segen über Sie vom Himmel, Segen auf Ihr unschuldiges treues Haupt!»

Sie umfaßte mein Haupt, sie drückte es an ihre kranke Brust, sie küßte mit kalten Lippen meine Stirn. Ich schluchzte, aufgelöst von Wehmut; begriff ich sie auch nicht ganz, so fühlte ich doch, daß das tiefste Unglück über mir weine. Es nahte jemand. Eine Alte kam, gebückt, eiligen Schrittes, mit der Laterne den unebenen Weg vor sich erleuchtend. «Töchterchen! Töchterchen!» rief sie Sidonien gutmütig scheltend an. «Bist du mir doch wieder entschlüpft? Kind, Kind, deine arme Brust und die Nachtkälte! Was soll's hier?» – «Beten, Mutter», versetzte Sidonie, «bis der Atem ausgeht, knien, bis die Knie wund sind!» – «Komm nach Hause!» sagte die Alte. – «Ja, nach Hause», klang hohl wie aus dem Grabe die Antwort. Sie wankte am Arme der Alten fort; ich wollte folgen; Sidonie verbot es mir. Ich blieb auf der Bank vor dem Kruzifix sitzen und starrte der Leuchte nach, bis sie verschwunden war. Ich versuchte zu denken;

aber alle meine Vorstellungen rannen in ein gestaltenloses Chaos zusammen. Die Glocke zur Frühmette ertönte, der Morgenwind schüttelte den Reif von den Bäumen über mir – ich saß noch auf der Bank vor dem Kruzifixe. Als es Tag war, erkundigte ich mich überall nach der polnischen Gräfin. Niemand kannte sie. Im Fremdenzettel las ich den Namen meines Schwagers nebst Frau. – Frau? – Mein Schwager war unverheiratet. Im Gasthofe sagte man mir, er sei nebst seiner Gemahlin abgereist. Mich trieb es nach Hause. Ein tiefer Widerwille durchdrang mich, dachte ich jener fratzenhaftlustigen Gestalt, welche mir Sidonien vorgespielt hatte, während die Arme, dem Tode Geweihte vor dem Erlöser ihre Reue und ihr blutendes Herz opferte. Voll Erwartung, Bangigkeit, mit geheimem Schrecken reiste ich von Köln ab.

«Tröste dich!» sagte meine Frau, die mich den ganzen Abend über schon mit ihren Neckereien verfolgt hatte. «Du hast den Maskenzug nicht gesehen, du hast auf dem Gürzenich nicht getanzt; aber nach dem, was du mir erzähltest, kannst du doch sagen: Ich bin auf dem Karneval gewesen und habe ein Stück vom großen Narrentage mit durchgelebt.» – «Es ist wahr», versetzte ich. «Ich sah Masken der Zeit; ich war auf dem Mummenschanz der Wirklichkeit. Und an einer Person, die gefoppt wurde, fehlte es auch nicht; kurz, das Fest war auf seine Weise vollständig. Wo ist dein Bruder?»

«Ich weiß nicht», sagte meine Frau verlegen; «ich habe ihn seit deiner Abreise nicht gesehen.» Sie ging in den Grund des Zimmers und machte sich dort allerhand zu schaffen. Ich stellte mich an das Fenster, trommelte auf den Scheiben und überlegte, was zu tun sei. Sollte ich gleich zu meinem Schwager gehn und von ihm Erklärungen fordern? Ich verwünschte die Szene mit der Maske; ich war leider auch im Unrecht – es war, wie die Diplomaten sagen, eine sehr zarte Situation. Indem ich so hin und wieder überlegte, fühlte ich einen leichten Schlag auf der Schulter. Ich wandte mich um und – die Pilgerin aus Köln stand vor mir, den Überwurf der Fledermaus wie zur Beglaubigung ihrer Echtheit auf dem Arme tragend. Ich starrte die Gestalt sprachlos an. Sie reichte mir ein Papier, ich riß es auf: Sidoniens Ring und der meinige lagen darin. Ich konnte noch immer keinen Laut finden bei dieser Erscheinung, die wie das

Wunder sichtbar, körperlich, greifbar in den Kreis meines Lebens trat.

Sie nahm die Maske ab, und – das Antlitz meiner Frau lachte mir unter der Krempe des Hutes entgegen.

Ich wich vor ihr drei Schritte zurück wie vor einem Geiste; ein Gespenst hätte mich nicht gräßlicher erschrecken können. «Beruhige dich!» sagte sie scherzend. «Nehmen Sie sich zusammen, mein sauberer Herr Gemahl! Sie werden der Fassung bedürfen. Das große Geheimnis naht seiner Entwicklung; alle Fragen sollen ihre Antwort finden.»

«Du warst...?» stammelte ich.

«Auf dem Karneval, unter dem Schutze meines Bruders, Fledermaus, Pilgerin, betrogene Frau, Anhörerin zärtlicher Ausrufungen und wohlgesetzter Reden, Empfängerin verschiedener Küsse und Austeilerin einer hoffentlich nicht zu sanften Ohrfeige.»

«Und die Anzeige in der Karnevalszeitung?»

«War von mir.»

«Was hat dich bewogen», fuhr ich leidenschaftlich auf, «diesen verwegenen Scherz mit deinem Manne zu treiben?»

«Laune, Etourderie, ein unüberwindlicher Kitzel, zu erproben, wieweit der Herr Gemahl mir angehören – vielleicht ein bißchen Verdruß über deine somnambule Liebschaft. Es wäre wahrscheinlich vernünftiger gewesen, wenn ich's nicht getan hätte; wer weiß, ob es geschähe, müßte ich es noch tun. Nun, es ist einmal geschehen, wer kann es ungeschehen machen? Vergib mir! Mein Bruder weiß von dem eigentlichen Zusammenhange der Sache nichts; er denkt – denn so habe ich es ihm gesagt –, daß ich nur einen gewöhnlichen Karnevalsscherz mit dir getrieben habe. Fühle dich in die Stimmung einer armen Frau, die in bedeutenden mystischen Ausrufen immer von einem Wesen höherer Art hören muß, der ein Brillantring als unschätzbares Erinnerungszeichen köstlicher Stunden gezeigt wird, die dann auf einmal Licht über die saubere Schöne bekommt, und du wirst ihr vergeben, wenn sie ihren Triumph benutzt!»

«Was weißt du von Sidonien? Wie kam mein Ring in deine Hände?» fragte ich, mich mühsam aufrecht haltend.

«Wegen des Ringes nachher! Daß er der echte ist, siehst du. Von Sidonien, oder wie die Vortreffliche auf ihren Kreuz- und Querzügen sonst noch geheißen haben mag, muß ich dir leider sagen, daß diese liebende Seele so wenig Hellseherin war, als ich es je gewesen bin, und daß ihr Gefühl für dich sich bis auf deine Schatulle erstreckt, daß sie an dieser ihre zärtliche Sehnsucht befriedigt hat.»

«Himmel und Erde... Sie...!»

«War eine Betrügerin, gesellt einem abgefeimten Schelme, der in verschiedenen Gestalten die Welt durchzog und seine Streiche ausführte, bis ihm endlich die Gerichte das Handwerk legten. Wenn du einmal eine empfindsame Reise durch die Festungen des Landes machst, wirst du wohl irgendwo in den Kasematten deinen Herrn Arzt, der an andern Orten ein Marquis und wieder an andern ein Demagogenchef gewesen sein soll, das Kompliment machen können. In Ems war er nun, wie gesagt, Arzt und seine verlaufene Gefährtin Somnambule. So erregte er mit ihr die Aufmerksamkeit, nach der er strebte; Personen, bei denen er etwas zu gewinnen glaubte, zog er auf geschickte Weise in seine magnetische Sphäre, und er sah die Gelegenheit, ihr Zutrauen zu benutzen. Du bist nicht der einzige Betrogene; das kann ich dir zu deinem Troste sagen. Auch andere, mit denen er den siderischen Rapport anknüpfte, sollen goldene Uhren, brillantierte Dosen als Lehrgeld haben hingeben müssen oder falsche Wechsel bekommen haben, die er ihnen gegen bares Geld aufgeschwatzt hatte. Zuletzt entzweite sich die Schöne mit ihrem Paladine, gab ihn an; das saubere Paar wurde an der Grenze von Bayern arretiert.»

«Wenn dies auch alles richtig sein sollte», sagte ich, «so begreife ich noch immer den Zusammenhang meiner Geschichte nicht. Wie konnte jener Betrüger wissen, daß ich Summen bei mir führe, die die Mühe lohnten? Wie erklärt sich das Zusammentreffen auf der Bäderley mit jenen, die ich nie gesehen hatte, von denen ich nie gesehen worden war? Auf welche Weise ward der Diebstahl verübt? Wer war der Mensch, der mir zuletzt die Papiere raubte? Das sind lauter Dinge, die ich nicht fasse.»

«Du wohntest ja wohl neben der sogenannten Gräfin? Man hörte in dem einen Zimmer, was in dem andern laut gesprochen wurde?» fragte meine Frau.

«Ja, so war es.»

«Nun, du pflegst in der Regel ziemlich vernehmlich zu reden. Erinnerst du dich nicht, daß du von deinem Gelde gesprochen hast?»

«Von meinem Gelde? Ich glaube, ich habe den Kellner gefragt, als ich angekommen war, ob das Schloß der Kommode auch fest sei; ich habe mehrere Hunderte darin zu verwahren.»

«Und dann?»

«Dann? Wer kann alle geringfügigen Umstände jahrelang behalten? – Dann? Halt! ja! Ich habe ihm auch gesagt, er solle mir einen Esel bestellen, ich wolle nach der Bäderley reiten.»

«So wußten also nebenan der Herr Arzt und die gnädige Gräfin, wohin der Mann mit dem vielen Gelde sich begeben hatte. Und nun, denke ich, folgt das andere ganz natürlich. Sie machten sich hinterher auf den Raubzug. Wie man dort durch eine seltsame Forderung deine Phantasie, deine Neigung zum Geheimnisvollen frappiert, wie der Arzt durch berechnete Zurückhaltung, durch die listige Art der Mitteilung dich gestimmt hat, auch das Unglaubliche zu glauben und eine handgreifliche Komödie für Wahrheit zu halten, das, lieber Gustav, hast du mir ja selbst vorgelesen. Jenes Glas Wasser auf der Bäderley bezauberte dich; du warst blind für alles, was sich dir aufdrängen mußte. Ich unglückliche Frau, daß ich weiß, was noch außerdem dir die Binde fester um die Augen zog!»

«Und der Diebstahl... der Diebstahl!...»

«Wurde verübt, als du bei deiner sehenden Hellseherin hinter dem Schirme saßest. Du erinnerst dich, Metallreize wirkten auf die Kranke zu heftig; der gute Arzt ließ dich deshalb alles Metall ablegen, worunter sich denn freilich zufällig auch die Schlüssel zu deinem Zimmer und zur Kommode befanden. Als du nun da saßest hinter deinem Schirme, vertieft in ihren Anblick, ging ja der Edle hinaus, um zu sehn, ob du allein für dich ohne seine Gegenwart mit ihr in Rapport stehst. Es galt aber noch ein anderes Experiment. Er hatte die Schlüssel sacht mitgenommen; der Mann der Wunder setzte sich mit deiner Schatulle in Rapport, d. h. er stahl sie, kam dann wieder, legte die Schlüssel sacht an ihren Ort, und du wurdest fortgeschickt, weil der Zweck der Session erreicht war.»

«Höllische Betrügerei! Und die leere Schatulle und die Erzählung des Arztes von dem Orte, wo sie Sidonie im Schlafe gesehen haben sollte...?»

«Da der Herr sie selbst hingeworfen hatte, so konnte er dir doch wohl sagen, wo sie lag. Erinnere dich nur! Der Baumgarten stieß ja an das Hinterhaus, und in einem Zimmer des Hinterhauses schlief die Somnambule. Die Schatulle ist wirklich aus dem Fenster jener Stube durch die Luft in den Garten gereist, und der aberwitzige Wirt hat schon damals die Wahrheit geahnt. Damit du nicht zu Atem kämest, aus dem Dunst, den man um dich verbreitet hatte, nicht schautest, ward dir das neue Wunder aufgeheftet.»

«Und der Räuber im Walde?»

«Hier gehen meine Nachrichten aus. Indessen glaube ich, daß wir ohne großen Scharfsinn auch die Waldszenen werden entziffern können. Jener lakonische Bösewicht war vermutlich ein Spießgeselle des Herrn Arztes. Dieser ahnte, wie es auch der Fall war, daß seine Somnambule dir nachgeschlichen sei. Das war ihm verdrießlich, bedenklich; das Abenteuer schien eine Richtung zu nehmen, die ihm nicht ganz gefiel; für ihn war es zum Schluß gekommen; er hatte die Schatulle. Nun sollte die Sache abgebrochen werden; sein Geschäft in Ems war gemacht. Er wollte mit seiner Getreuen auf und davon. Damit nun von keiner Seite gegen diesen vernünftigen Entschluß etwas unternommen werden möge, nahm er den handfesten Adjutanten mit; der hat sich denn im Versteck gehalten, dich, wie du weißt, außerstand gesetzt, den beiden zu folgen, und so seines Herrn Gebot erfüllt. Daß bei der Gelegenheit noch der Rest deiner Kasse aufging, war ein Zufall, der, wie es sich trifft, den Dieben bald günstig, bald ungünstig sich erweist. So, denke ich, hing die Sache zusammen. Vermutlich hat der Arzt von der letzten Beute gar nichts empfangen; die wird wohl der Held des Nachspiels für sich behalten haben.»

«Aber», sagte ich, «welch ein ungeheuer künstlicher Plan lag dieser Überlistung zum Grunde, wenn sich alles so verhält, wie du sagst! Mich dünkt, die Berechnung war zu berechnet, um wohlberechnet zu sein. Vergib mir! Deine Erklärung ist um nichts wahrscheinlicher als die somnambulistischen Phänomene, von denen mir der Arzt erzählte.»

«Weil sie deiner Eitelkeit nicht schmeichelt», versetzte meine Frau mit bitterm Akzente. «Und dennoch ist sie richtig, und dennoch war die erhabene Wundergeschichte nichts weiter als ein gemeiner Schelmstreich. Der Arzt konnte freilich nicht wissen, als er sich mit der Komtesse zu Esel setzte, ob sein Anschlag gelingen werde; er hat auch gewiß den Entschluß zu seinem Feldzuge gegen deine Kasse damals noch nicht fertig im Kopfe gehabt; er machte es wie ein kühner Freibeuter; er griff unverweilt verwegen an und überließ dem Augenblicke und der Eingebung des Augenblicks, den Gang des Gefechts zu bestimmen. Mißlang der Angriff, fand er in dir nicht den Mann, den er brauchte – nun, so war ja nichts verloren; es galt dann eine Dieberei weniger, aber weiter kein Unglück. Indessen, dein Naturell arbeitete seinen Absichten in die Hand. Eins gab sich aus dem andern, kurz – der Erfolg hat ihn gerechtfertigt.»

«Wie schlau leitete er meinen Verdacht von der Spur ab auf die unschuldigen Hausgenossen des Gasthofs!» rief ich.

«Und vergiß nicht, daß er dem Wirte ebenfalls von einem Hausdiebe vorgesprochen hatte. Ja, er hatte sich sehr gut verschanzt! – Du weißt nun alles. Ein Kläger muß aber den Beweis liefern; hier ist er.»

Sie reichte mir ein Papier. Ich entfaltete und las. Es war die Abschrift eines gerichtlichen Verhörs.

Verhandelt im *er Gerichte zu * den *ten * 18*

Die gestern verhaftete Eugenia Sidonia, angebliche Gräfin **cka, hatte dem Gerichte von freien Stücken anzeigen lassen, daß sie mit ihren Aussagen heute fortzufahren wünsche. Man ließ sie vortreten. Sie gab Nachstehendes zu Protokoll, welches auf ausdrückliches Verlangen, so weit es möglich, mit ihren eigenen Worten niedergeschrieben worden ist.

«Ich beteure vor Gott und vor den Menschen», – so begann die Komparentin, «daß ich von den Verbrechen meines Begleiters, welche mir gestern vorgehalten worden sind, erst lange nach ihrer Verübung Kunde erhalten und auf keine Weise an ihnen teilgenommen habe. Durch den Schein glänzender Eigenschaften hat er mich getäuscht, durch meineidige Schwüre verleitet, durch unergründliche

Heuchelei aus dem Hause meiner Eltern gelockt. In der Welt allein, verlassen, verworfen, sah ich die Larve ihm vom Antlitz fallen: meine einzige Stütze war ein Glücksritter, ein Bösewicht; ich meinte zu verzweifeln und wünschte mir den Tod, der mich von seiner schrecklichen Gesellschaft erlösen sollte. Er schleppte mich durch die Länder und Städte; mein Unglück hatte ihm eine Gewalt über mich gegeben, der ich nicht zu widerstehen vermochte.»

Sie wurde aufgefordert, sich näher über ihre frühern Lebensverhältnisse zu äußern, erklärte jedoch, daß sie sich dazu nicht verbunden achte, daß sie sehr unglücklich sei, unglücklicher, als ein Mensch begreifen könne, daß man Barmherzigkeit üben und sie schonen möge. Man stand von weitern Fragen ab, und sie fuhr in ihren Depositionen fort wie folgt.

«An einigen Orten ließ mich mein Begleiter, der sich in der letzten Zeit unsres Zusammenseins für einen Arzt ausgab, die Somnambule spielen. Der Magnetismus sei, wie er sich ausdrückte, in Deutschland Mode; dieser werde, sagte er, seiner Erscheinung mehr Relief geben. Ich muß hier bemerken, daß ich immer in dem Glauben gestanden habe, mein Begleiter sei wirklich Arzt; er besaß medizinische Bücher und Präparate, sprach von den großen Heilanstalten Europas so, als habe er sie alle gesehen, und unternahm hin und wieder auf unsern Reisen Kuren, die ihm zum Erstaunen schnell und glücklich gerieten. Ich weiß nicht, ob ich auch in dieser Meinung mich getäuscht habe. – In meiner unglücklichen Abhängigkeit ließ ich mich bestimmen, seiner Forderung nachzugeben. Ich stellte mich so, wie er mir vorschrieb; ich sprach, was er mir vorher in den Mund gelegt hatte. Er führte viele Menschen zu mir und ließ sie meine erdichteten Zustände wahrnehmen. Er knüpfte bei dieser Gelegenheit mannigfaltige Verbindungen an; wir lebten seit der Zeit reichlicher als vorher. Er sagte mir, daß er vermögende Gönner gefunden habe, und ich glaubte seinen Worten. Ich empfand den tiefsten Widerwillen gegen die Lüge, zu welcher ich verurteilt war; ich entschuldigte mich vor mir selbst nur damit, daß das Ganze doch nichts als ein unschuldiger Betrug sei, der niemandem schade. Ich versichere, und könnte das Sakrament darauf nehmen, daß mir damals von den wahren Absichten des * bei der Veranstaltung jener Täuschungen nicht das Geringste bekannt gewesen ist.

Nur in einem Falle bin ich schuldiger gewesen. Der furchtbarste Drang der Umstände hat mich so tief fallen lassen. Mein Schmerz darüber, meine Reue ist aufrichtig; könnten Tränen einen Flecken von der Seele waschen, so müßte die meinige wieder rein geworden sein, wie sie in den Tagen meiner unschuldigen Kindheit war. Ich hoffe zu der Gnade des Himmels und will dem Gerichte jetzt unverhohlen sagen, wie sich die Sache zugetragen hat.»

Nun erzählte die Unglückliche den Vorfall in Ems. Ich fand die Bestätigung dessen, was meine Frau mir gesagt hatte, Punkt für Punkt, Zug für Zug.

Die Verhandlung lautete dann so weiter: Man legte der Komparentin die Frage vor: «Sie haben dem Gerichte gesagt, auf welche Weise Ihr Begleiter den Fremden mystifiziert, wie und wann er den Diebstahl der Schatulle verübt, mit welcher List er die Täuschung des Bestohlenen fortgesetzt und diesen von der Verfolgung der richtigen Spur abgebracht habe. In welcher Art haben Sie selbst aber an jenem Verbrechen teilgenommen?»

Sie deponierte hierauf:

«Als mein Begleiter im Nebenzimmer den Fremden hatte sprechen hören, strich er sich mit der Hand über die Stirn und sagte dann zu mir, daß der soeben Angekommene ein Gelehrter von Ruf sei, der ein vielgelesenes Journal redigiere. Es könne ihm von größtem Nutzen sein, diesen Mann für sich und seine magnetischen Kuren zu interessieren, und ich müßte mich daher entschließen, das gegen den Fremden zu sein, was ich schon so oft gewesen, nämlich Hellseherin. Alles wird zur Gewohnheit, die Tugend und das Laster; gedankenlos, ohne besondere Regung willigte ich ein. Es erfolgte die Szene auf dem Felsen, wie mein Begleiter dieselbe angeordnet, wie ich sie einstudiert hatte. Doch erfolgte noch etwas, was niemand außer mir erfahren hat. Jener Fremde kletterte nach dem Orte, wo die Quelle mit der erdichteten Heilkraft sprang, über einen weit verlaufenden Felsengrat. Wie er nun, sich wendend, unter dem Orte, wo ich stand, angelangt war, dicht am Abgrunde, verwünschte ich schon den Trug, welcher das Leben eines Menschen, der mir mit Treuherzigkeit einen Dienst erzeigen wollte, in eine so augenscheinliche Gefahr setzte. Ängstlich wollte ich ihn zurückrufen; da sah ich ihn ausgleiten, einer Spalte zu, die aus bodenloser Tiefe dunkel heraufgähnte. Er hat den ihm so nahen Tod vermutlich selbst nicht bemerkt; ich aber habe gesehen, daß nur noch eine Spanne fehlte, so wäre er in die Tiefe gestürzt. In diesem schrecklichen Augenblicke verließen mich meine äußern Sinne, und vor meinem innern Gesichte stand im nämlichen Augenblicke ein schreckliches Bild. Ich sah bis auf den Grund der Spalte; ich sah den Fremden da unten liegen, ganz zerschmettert und von Blut überströmt; nach mir hinauf starrte sein gebrochenes und sterbendes Auge. Alsobald tat meine Seele, wie durch eine ungeheure Kraft bezwungen, ein unfreiwilliges Gelübde. Alles dieses, was ich damals sah und erlebte, war wie ein Blitz, der vorüber ist, ehe man fragen kann: woher kommst du? Ich schlug sogleich die Augen wieder auf und sah den Fremden oben, heil, nur an der Hand blutend. Er rief mir einige scherzhafte Worte zu; er meinte, ich habe, von seiner Wunde erschreckt, geschrien. Ich aber hatte gesehen, daß ich zur Mörderin hätte werden können. So geschah auf dem Felsen statt des Wunders, das der Betrug ersonnen hatte, ein andres, und ich leerte den Becher, welchen mir der Fremde reichte, auf meine Besserung. Ich kehrte verwandelt, mit einem Herzen voll Dornen, fest in dem Entschlusse, mich nicht ferner zu dergleichen Gaukeleien herzugeben, nach meiner Wohnung zurück. Nun aber sollte ich erfahren, was es heiße, in den Schlingen des Lasters gefangen zu sein.

Tief in der Nacht kam mein Begleiter zu mir und kündigte mir an, daß jener angebliche Gelehrte mich schlafend zu sehen wünsche und daß ich mich bereit halten möge, am folgenden Vormittag somnambul zu sein. Ich weigerte mich und erklärte ihm, daß ich nie wieder diese Rolle spielen werde. Es erfolgte eine heftige Szene zwischen uns; er bat, befahl, drohte – ich widerstand. Endlich sagte er mir mit einem Hohne, der mir schrecklich war, daß meine Tugend zu spät komme, daß ich in meinen Schwächen schon zu weit gegangen sei, und erzählte die Betrügereien, die er mit Hilfe meiner Verstellung begangen habe. Ich war außer mir; ich blickte mit Entsetzen in einen Pfuhl der Nichtswürdigkeit. Unwissend zwar hatte ich jene Bubenstreiche befördert; doch wollte das mein Gefühl nicht beschwichtigen – ich verfluchte die Stunde meiner Geburt. Mein Begleiter setzte mir mit einer erschrecklichen Ruhe auseinander, daß ich als Genossin schwerer Verbrechen der Gerechtigkeit verfallen sei, daß es nun besser sei, vorwärts zu gehen, daß ich mich nur nicht sträuben müsse, weil ihn mein Widerstand sonst auch zu einem Extreme treiben könne, was denn unser beider Verderben sein werde. Ich sagte, daß kein Gericht mich für Dinge, von welchen ich nichts gewußt, verurteilen könne; er erwiderte, daß ich die Früchte der Sünde mit verzehrt habe, daß niemand mir meine Unschuld glauben werde, wenn er gegen mich zeuge, was er tun wolle, wofern ich es zum Äußersten kommen lasse. Denn, sagte er – ich erinnere mich seiner fürchterlichen Worte noch ganz genau – man wird alles überdrüssig, des Weins, der Weiber, des Spiels und seiner eigenen klugen Streiche. Ich bin beinahe bis zu diesem Punkte gediehen, und wenn du mir Verdruß machst, so kann es kommen, daß ich hingehe und dich und mich der Justiz angebe. Ich habe alles durchgespielt, nur Reue und Bekehrung noch nicht. Das ist etwas Neues; ich möchte es wohl auch einmal versuchen. Vielleicht finde ich in den Tiefen bußfertiger Zerknirschung eine frische Wollust, nach der ich lechze; alles übrige habe ich gekostet. – Mit dieser verruchten und gotteslästerlichen Rede schied er von mir. Ich wußte, daß er Wort zu halten imstande sei. Dieser Mensch ist unglaublicher Dinge fähig. Ich sah die Schande und den Pranger mit den Augen meines Geistes; ich dachte an meine Eltern und an den erlauchten Namen, den ich trage; ich bat Gott, mir aus dem Netze des Unglücks, in dem ich gefangen war, zu helfen; er ließ mich aber ohne Rat und ohne Erleuchtung. – Am andern Morgen versuchte ich alles Mögliche, den Fremden zu entfernen, damit die Veranlassung zu fernerer Unwürdigkeit hinwegfiele; es war vergebens. Ein Schicksal, mächtiger als der schwache Wille eines tadelnswürdigen Weibes, hielt mich gefesselt; mein Begleiter übte die Kraft seines Blicks, worin ich seinen ganzen Entschluß las, über mich aus; zerbrochen gab ich mich hin und tat, was ich gelehrt wurde, zu tun. Doch glaube ich, daß ich während meiner Verstellung nichts von dem zu dem Fremden gesprochen habe, was mir mein Begleiter befohlen hatte, zu sagen. Ich lag im Lehnsessel, dachte nichts, fühlte nichts; meine Seele befand sich in dem Zustande einer völligen Auflösung. Endlich überschattete mich eine Ohnmacht; ich weiß nicht, wie lange ich so gelegen habe. Erwacht, sah ich meinen Begleiter vor mir stehn: er hielt eine erbrochene Schatulle in der Hand; er sagte, daß ich gestern die Vertraute seiner Taten geworden sei, daß er es für recht und billig halte, mir auch alles Fernere zu erzählen, damit unser Lebensbund ein unauflöslicher werde. – Ich erfuhr, was er während meines magnetischen Schlafs getan hatte; ich hörte, während er die Schatulle zum Fenster hinausschleuderte, wie er den Fremden ferner zu täuschen beabsichtigte. Ich schwieg ganz stille, entschlossen, dem Fremden alles zu entdecken, und ging nach meinem Zimmer, in der Meinung, den Täuschenden über die wahre Verfassung meiner Seele getäuscht zu haben. Es war aber dem nicht so. Als ich an meiner Tür klinkte, um zu dem Fremden zu gehn, fand ich mich eingeschlossen. So war ich abgesperrt von menschlicher Gesellschaft und Mitteilung. Doch gelang es mir, zu jenem Manne zu dringen. Nun stand ich ihm gegenüber, nun wollte ich reden; aber meine Lippen waren wie mit sieben Siegeln verschlossen. Ich fühlte mich unfähig, diesem meine Schande zu offenbaren; ich glaube, ich hätte sie der ganzen Welt gestehen, sie von den Dächern herabrufen können; aber dem Fremden konnte ich nichts sagen. Ich verschwieg, was ich wußte – das ist mein Verbrechen. Ich habe ihm einen Ring gegeben, ihn für seinen Verlust zu entschädigen; ich habe mir den Rest seiner Barschaft einhändigen lassen, damit dieser nicht auch meinem lästigen Begleiter zur Beute werde; ich habe diese Summe treu bewahrt und sie ihm am andern Tage zurückerstattet. Ich reiste nach diesen Vorfällen noch mit dem Verbrecher zusammen; aber sobald ich über die grausame Unordnung meines Geistes einigermaßen gesiegt hatte, war auch mein Entschluß gefaßt. Ich fühlte, daß ich nichts weiter auf Erden zu tun habe, als mich von der lasterhaften Gemeinschaft mit meinem Begleiter loszureißen, auf die Gefahr hin, am Wege zu verhungern und zu verderben. Und damit keine weibliche Schwäche mich jemals in den Pfuhl zurückgleiten lassen möge, begab ich mich in den Zwang einer gräßlichen, aber heilsamen Notwendigkeit. In einem Dorfe, wo die Pferde zu Mittag gefüttert wurden, ging ich heimlich zu dem Ortsschulzen und sagte, er solle mich festhalten und den fremden Arzt, der in der Schenke habe ausspannen lassen; dieser sei ein Landstreicher und Betrüger, und ich sei seine Genossin. Der Mann hat seine Pflicht getan, und was weiter erfolgte, ist dem Gericht bekannt.»

Man hielt der Komparentin vor, daß sie sich bemüht habe, ihren Anteil an der zuletzt angezeigten Betrügerei als sehr gering darzustellen. Es sei zu vermuten, daß ihr die Absicht ihres Begleiters, den Fremden zu berauben, vor der magnetischen Szene bekannt gewesen sei, daß sie die Somnambule gespielt habe, um die Ausführung jenes Verbrechens zu befördern. – Hierauf erwiderte sie mit allen Zeichen der heftigsten Bewegung: «Ich habe nicht eher von dem Raube etwas erfahren, als bis er geschehen war. Ich konnte und mußte wohl ahnen, daß mein Begleiter mit dem Fremden nichts Gutes vorhabe; die äußerste Verwirrung meiner Lebensgeister ließ aber keine bestimmten Vorstellungen in mir aufkommen. Meine Fehler bringen es über mich, daß man auch das Schimpflichste von mir glauben darf. Aber bei dem Grabe meiner Mutter: die Tochter des Grafen * ist nie eine Diebin gewesen!»

Der Kommissarius fordert sie auf, den Ort, wo der Vorfall sich zugetragen, zu entdecken, den Namen des Betrogenen zu nennen. Standhaft verweigert sie beides. Man fragt sie um den Grund dieses Verschweigens, man hält ihr vor, daß ein halbes Geständnis gar keins sei, man macht sie auf die nachteiligen Folgen aufmerksam, welche ihre Hartnäckigkeit für sie haben könne. Sie bleibt unerschüttert. Der Bestohlene, sagt sie, sei durch ihren Ring entschädigt; das Geld sei, wie sie wisse, verschleudert worden; weitere Erörterungen seien unnötig für das Interesse des Fremden. Nur an dieses scheint sie zu denken. Der Grund, warum sie Ort und Namen verschweige, ruhe in der Tiefe ihrer Seele; was deshalb über sie verhängt werde, wolle sie geduldig als Züchtigung der himmlischen Mächte hinnehmen; aber keine menschliche Gewalt sei imstande, ihre Lippen zu öffnen. Der Beamte habe ihr ein Zutrauen eingeflößt, sie habe das Bedürfnis gefühlt, ihr Herz aufzuschließen, er solle sich mit ihrer Beichte begnügen; sie sage nichts mehr, sie habe alles gesagt, was sie sagen könne und wolle; sie schaudere bei dem Gedanken, daß der Fremde vernommen, ihr vielleicht gegenübergestellt, daß der Vorfall in die Roheit eines gerichtlichen Verfahrens hinabgezogen werde. Sie sei vernichtet – was man denn noch weiter von ihr wolle? – Der Kommissarius läßt den (wie er im Protokolle heißt) Philipp Emanuel Kasimir **losch, seiner Angabe nach Arzt und Chemiker, vorführen. Er fragt ihn über das Verhältnis zu der Anwesenden. Der Elende behauptete, daß die Dame sich seiner Hilfe anvertraut habe, daß er mit ihr auf einer Reise nach den Bädern von Lucca begriffen gewesen sei. Ein anderes Verhältnis habe nicht zwischen ihnen bestanden. Ihm wird die Erzählung von meiner Beraubung in ihrer Gegenwart vorgehalten. Er leugnet die ganze Tatsache und fügt hinzu, daß er nun etwas angeben müsse, was er aus Delikatesse gern verschwiegen habe. Die Gräfin **cka leide an periodischen Geistesverwirrungen und halte in diesen Zuständen, wie es häufig bei Irren vorkomme, alle Personen ihrer Umgebung für Bösewichter. – Bei dieser Frechheit fährt die Arme, Gepeinigte auf und ruft: «Unglücklicher, wenn ich wahnsinnig bin, so weißt du, wer

mich wahnsinnig gemacht hat!» Der Beamte schließt die Verhandlung mit der Bemerkung, daß die Zusammenstellung beider Personen kein weiteres Resultat gegeben habe und daß, da über den zuletzt angezeigten Betrug die Spezialien ermangelten, die Sache bis
auf nähere Anzeigen nicht weiter verfolgt werden könne.

Nun erfuhr ich, wie meine Frau zu diesen Aufklärungen gelangt
war. Sie hatte eine Bestellung bei unsrem Juwelier gemacht. Der an
allen schönen Sachen seines Gewerbes einen lebhaften Anteil neh-
mende Mann schwatzt mit ihr von den Pracht- und Prunkstücken
seines Ladens, zeigt ihr die besten Arbeiten vor und bringt endlich
einen goldenen Ring herbei, dessen Façonnierung er ganz besonders rühmt. Sie nimmt ihn, betrachtet ihn genau und liest endlich in
der innern Rundung den Namen meiner Schwester. Sie dringt in
den Juwelier, ihr zu sagen, woher er den Ring habe. Ganz unbefangen erzählt der Mann, er sei vor kurzem auf einer Handelsreise in
eine Landstadt gekommen und habe ihn dort auf einer Auktion, wo
von Gerichts wegen verschiedene Deposita versteigert worden sei-
en, nebst mehrern andern Gold- und Silbersachen zum Einschmel-
zen gekauft; die schöne Arbeit des Stücks habe ihn aber vermocht,
es aufzubewahren. Sie fragt ihn über die Schicksale dieses Ringes
aus und erfährt, daß das Gericht ihn einer verschmitzten Person
abgenommen habe, von der in der ganzen Stadt die Rede gewesen
sei. Von seinem Vetter, der als Unterbeamter bei dem Gerichte angestellt sei, habe er die sonderbarsten Dinge in betreff derselben
gehört. Es sei ihr nichts anzuhaben gewesen; indessen habe man ihr
alle Sachen von Wert abgenommen und diese versteigern lassen,
um die Kosten der durch sie veranlaßten Untersuchung zu tilgen. –
Nun war meine Frau im klaren. Ich hatte einmal gegen sie fallen
lassen, daß ich mir ein Gewissen daraus mache, den Ring, ein Ge-
schenk meiner Schwester, in Ems weggegeben zu haben. Sie hielt
den verschenkten in Händen; ihre Ahnung über den wahren Zusammenhang der Sache bestätigte sich. Sie kaufte das Kleinod; sie
suchte unter allerhand Vorwänden von dem Goldschmiede noch
mehr über die frühere Eignerin zu erfahren. In ihrer unglücklichen
Leidenschaftlichkeit drang sie endlich in den Mann, ihr um jeden
Preis vollständige Notizen zu verschaffen. Der Juwelier wollte sich
seiner besten Kundin gern gefällig erzeigen; er schrieb an seinen

Vetter, und nach einigen Wochen hatte sie das traurige Vergnügen, Abschriften einiger Verhandlungen in den Händen zu halten, die jener Vetter halb unerlaubterweise aus den Akten gefertigt hatte.

So ward durch beklagenswerte Zufälligkeiten eine alte Mystifikation entdeckt und eine neue möglich gemacht, die auf das Schicksal meines Lebens den übelsten Einfluß geübt hat.

Nachschrift des Herausgebers

Mit jenen andeutenden Worten schließen die Hefte, welche uns vorliegen. Ein schweres häusliches Unglück traf unsern Freund nach Jahresfrist seit dem Besuche des kölnischen Karnevals. Wir sind im Besitz der Geschichte jenes Zwischenraumes und haben leider die Folgen eines Scherzes zu berichten, welche ernsthafter wurden als die des Schwankens von Tugend und Großmut, den sich die schelmische Gräfin mit ihrem Eheherrn erlaubte.

Denn freilich hatte Adolfine – so nennen wir die Gattin unsers Freundes – die Wirkungen nicht berechnet, als sie in ihrem Manne das Bild der unglücklichen Sidonie erneuerte – die Wirkungen, welche ein so unbedachtes Unternehmen hervorbringen mußte und hervorbrachte. Damit man ihr Verfahren nicht gar zu unweiblich finde, müssen wir zur Entschuldigung anführen, daß ihr Gefühl, ihr Dasein überhaupt gestört und aus den Schranken gerückt war, innerhalb welcher der Charakter einer Frau sich nur mit Anmut und Schönheit darstellen kann. Der Oheim, welcher sie erzogen, Vatersrechte über sie geübt hatte, war eine Art von geistigem Epikureer; die Abwechselung der Genüsse bedeutete ihm erst den Genuß; Reisen allein hielt er für Leben. Das muntere, schöne Kind führte er überall mit umher; eine leichte Sorge, die Zugabe eines herzlichen Verhältnisses mochte er wohl als Beiessen zu dem Mahle der Freude, welches er sich auf seinen Wanderungen von Süden nach Norden und von Norden nach Süden gab. Sie lag als kleines Mädchen auf seinen Knien, während die Wogen des Kattegats peitschend über das Schiff flogen, und rief ängstlich weinend: «Onkel, laß uns nach Hause!» Sie zog als Jungfrau mit ihm über den Simplon und schwirrte an seiner Seite durch die Pariser Säle. Eine Häuslichkeit hatte sie noch nicht gekannt, als sie selbst berufen ward, eine zu gründen. Dazu kam, daß sie mit der Gewalt einer erwachenden feurigen Natur geliebt hatte und, wie sie glauben mußte, grenzenlos betrogen worden war. Damals zerbrach ihr Glaube an männlichen Wert; sie hatte niemanden, dem sie sich anvertrauen durfte; der Oheim machte französische Epigramme auf den Ungetreuen; ihr Herz verblutete unter dem bunten Schleier leichter glänzender Tage; sie fand endlich, um nur fortbestehen zu können, den Ton einer milden fliegenden Heiterkeit, mit dem sie das Weh ihrer Seele überdeckte und verhüllte.

Noch voll von schmerzlichen Reminiszenzen aus Italien zurück-
kehrend, fand sie unsern Freund. Amor war es nicht, der hier die
Fackel zündete. Aber sie war des Umherziehens müde; sie meinte,
die Herrschaft sei das einzige, was man hienieden erreichen könne;
sie lachte über den weichen gutmütigen Mann; sie täuschte sich
über ihn, und so reichte sie ihm die Hand. Wunderbar! Der Ehestand, der sonst das Gefühl tötet, erweckte das ihrige; sie sah die
Schwäche Gustavs gepaart mit einem unendlich reinen Herzen,
seine Unbeholfenheit, seine Pedanterei verschwistert mit der tiefsten Empfindung und einem reichen Geiste, von dem er nur keine
Anwendung machen konnte. Erstaunt über diese Entdeckungen,
wunderte sie sich, daß ihr dieselben nicht schon lange aufgegangen
waren. Ihr Gemüt freute sich wie über einen unvermutet ausgegra-
benen Schatz; sie wußte nicht, wie ihr geschehen war. Es lag hinter
ihr wie eine Dämmerung; eine sanfte Wärme begann, die abgestor-
benen Blüten ihres Herzens neu zu beleben.

Indessen blieb das Glück diesem Bunde fern. Der nacherworbene
Geliebte hätte ihr imponieren müssen; das war nicht der Fall.
Scheinbar beschränkt, erfahrungslos stand er der Vielgereisten, die
alles gesehen und gehört hatte, gegenüber. Auch schämte sie sich
gewissermaßen ihrer Empfindung, die sie eine Schwäche nannte; sie
fürchtete eine volle Hingebung, die sie einmal so schwer hatte bü-
ßen müssen; abwechselnd kokett und kalt, traf sie nie das rechte
Wort, welches nur ein unschuldiges Wesen aus der Fülle der über-
strömenden Liebe dem Manne zu sagen vermag. Sie fürchtete immer zu verlieren, sie kränkelte sich zwischen Stolz, Wehmut und
Lachen hin; sie war, daß wir es kurz sagen, eine geistreiche Frau,
wie wir so viele sehen. Er auf seiner Seite verstand das Übel nicht
und machte es durch Sentimentalität ärger. Was er ihr gab, das
nahm sie hin als Recht; die Forderungen seines Herzens schien sie
nur halb, gezwungen, zweifelnd anzuerkennen. So schwankten ihre
Tage unter Necken, Abstoßen, Anziehen, Suchen, Vermeiden weiter. Es war eine von den Ehen, die sich unter dem Segen des Spru-
ches: Und er soll dein Herr sein! geschlossen sind.

Eine unbändige Eifersucht ergriff sie, als unvorsichtig hingewor-
fene Worte Gustavs sie im allgemeinen von dem Abenteuer zu Ems
unterrichteten. Er hatte eine sonderbar strenge Meinung von der
Pflicht der Ehegatten, einander alles anzuvertrauen, und legte

durch eine Tugend, die niemand von ihm verlangte, den Grund zu den nachherigen Verwicklungen. Oder wirkte ein weniger reines Motiv? So viel ist gewiß, daß er von Sidonien zu sprechen anfing, als Adolfine einmal besonders kalt und grillenhaft sich betragen hatte. – Sie wurde durch sein Geständnis sehr aufgeregt. In ihren Gedanken machte sie sich jene geheimnisvolle Schöne, die wahrlich keine gefährliche Nebenbuhlerin mehr war, zur fürchterlichen Feindin; sie sah die Gestalt wachend und träumend vor sich. Sie hätte dieses Gespenst gern vernichtet, zu dem, ihr unbewußt, ihre Leidenschaft für Gustav sich zusammengeballt hatte. Aber ihr Stolz verriet nichts; auch jetzt ward der Spott zum Deckmantel einer Qual, die sie sich so ganz ohne Not selbst schuf. Welch ein Triumph für sie, als sie mit dem Ringe den Schlüssel zu der Geschichte erhielt! Nun war die Rivalin entlarvt, vernichtet; es stand bei ihr, in dem Herzen ihres Gatten an die Stelle der von ihr erträumten Empfindung Zorn und Verachtung zu pflanzen. Sie kannte sich nicht vor Freude und Genugtuung. Übermütig, verblendet, durch ein freies Leben an manche Freiheit gewöhnt, wollte sie das Possenspiel mit einer Posse enden und mit unglücklichem Vorwitz eine bedenkliche Prüfung in Gustavs Gefühlen anstellen. So, die Rücksicht auf ihn, auf ihr Verhältnis nicht achtend, pilgerte sie, die Törin, zum Kölner Torenfeste und ahnte nicht, welche Nachschmerzen diesem Wirbel folgen würden.

Denn freilich konnte nur eine eifersüchtige Frau, welche bloß hörte und las, was ihrer Leidenschaftlichkeit zusagte, in Sidonien die gemeine Betrügerin sehen. Gustav las, was wirklich in jenem Protokolle stand: die Schmerzensworte einer edeln gefallenen Natur. Und er las noch mehr zwischen den kalten gerichtlichen Zeilen. «Hättest du nur Ort und Name genannt, arme Sidonie», rief er in der Stille für sich, «daß mich der Richter ausgefunden, daß ich von deinem Schicksale gehört hätte!» Er wußte, was sie abgehalten hatte, Ems und ihn zu bezeichnen; es war dasselbe Gefühl, welches ihr den Mund verschloß, als sie, durch die Seitentür in sein Zimmer tretend, ihm den Raub entdecken wollte. Aber... er verlor sich in Nachsätze, die er nicht ausdenken mochte. Vor seiner Frau beschloß er zu schweigen. Das Wiederfinden in Köln behielt er für sich. Dennoch erfolgte bald eine Erklärung, die beide Teile nachher gern ungeschehen gewünscht hätten. Adolfine fand ihren Gatten einige Tage nach jenen Entdeckungen im Boskett, das Haupt in der Rechten, versenkt in tiefe Gedanken. Die erste Märzensonne hatte ihn ins Freie gelockt. Mit einem Stäbchen, welches er nachlässig spielend in der Linken hielt, hatte er etwas in den Sand gekratzt. Sie trat, unbemerkt von ihm, herzu und sah zu ihrer Betrübnis ein böses S am Boden. In diesem Augenblicke war sie vom Haupt bis zur Sohle eine Flamme. Sie verriet ihre Anwesenheit durch einen tiefen Atemzug. Er blickte auf und zerstörte blitzschnell mit dem Fuße das Werk seiner Träumerei, Purpur und Glut im Gesichte. Sie wußte, woran sie war. Schien ihr nicht aus seinem Antlitze die Fackel, die ihre Erniedrigung, ihre Zurücksetzung beleuchtete? «Elende, Nichtswürdige, Abscheuliche!» stammelte sie und sank schluchzend auf eine Bank. Er hatte sich gefaßt und trat vor sie. «Die Namen verdient sie nicht», sagte er mit einer höheren Festigkeit, als sie an ihm zu erblicken gewohnt war, «und niemand soll sie in meiner Gegenwart so nennen.»

«Ha», rief sie, «ich verhöhnt um eine Buhlerin...!» Der Zorn schlug ihm die Zähne aneinander. «Es fragt sich noch», sagte er, «wer besser ist: die Frau, welche in kalter Rechtfertigkeit mit Gefühlen ihren Spott treiben konnte, oder die arme Sünderin, der die Augen leuchteten, als sie mir mein verwahrtes Eigentum zurückgab? Es kommt die Stunde, wo wir alle der Vergebung bedürfen. Fordere das Schicksal nicht heraus! Denke auch du des Wortes, welches Sidonie mir beim Abschied sagte: Richte nicht!»

Sie meinte, verfinstert, wie sie war, er spiele auf ihre italienischen Verhältnisse an, von denen er doch gar nichts wußte. «Daran mich zu erinnern!» fuhr sie heftig auf. «Daran! Jetzt! Pfui!» Sie warf ihm einen Blick zu, in dem ihre erzürnte Seele loderte. Er wollte sie zurückhalten; sie riß sich los und eilte in das Haus. Er wartete auf sie vergeblich beim Abendessen. Der Bediente sagte ihm, die gnädige Frau befinde sich nicht wohl. Vor ihrem Zimmer stand die Jungfer und bat ihn mit einem verlegenen Gesichte, nicht hineinzugehen; ihre Herrin habe ihr aufgetragen, niemanden zu ihr zu lassen, auch den Herrn nicht; sie wolle schlummern und nicht gestört sein. Traurig kehrte er um; ihm war sehr übel zumute. «Daran... Woran?» murmelte er düster vor sich. Er wiederholte diese Worte so oft, daß man hätte glauben können, er wünsche zu entdecken, woran seine Frau nicht hätte erinnert sein wollen.

So betrübte Fastentage folgten in diesem Hause dem lustigen Karneval. Indessen konnte noch alles zum Guten ausschlagen; die Verstimmung war ja nur eine von den vielen, die an der Macht des Alltags und der Gewohnheit sich auflösen. Die Gatten versöhnten sich denn doch wieder; man nahm sich vor, man versprach einander unter Küssen und Tränen, daß von der unglücklichen Sache nicht mehr die Rede sein, daß der Name Sidoniens nicht ferner mehr genannt werden solle. Und darin hielten sie Wort. Nur bemerkte freilich Gustav, daß Adolfine unruhig wurde, wenn er Briefe empfing, deren Inhalt er ihr nicht gleich mitteilte, wenn sich Personen bei ihm anmelden ließen, die ihr unbekannt waren. Nur fiel es ihr auf, daß er das Gespräch, und oft mit einem gewissen Zwange, auf ihre Lebensumstände brachte, sich von ihr erzählen ließ, wie es ihr da und dort gefallen habe, was ihr da und dort begegnet sei. «Kann sie denn nie Ruhe haben und halten?» sprach er für sich. – «Will er mich ausforschen?» dachte sie in der Stille. Ihr Benehmen wurde gemessen, negativ – das seinige, in der Absicht, die Reinheit seines Bewußtseins darzutun, ängstlich und maniriert. Gegeneinander waren sie vorsichtiger als früher; man vermied sorgfältiger alles, was zu Differenzen führen konnte. Es stand etwas tief an ihrem Horizonte wie ein weißes gefährliches Wölkchen; sie fürchteten und wußten nicht was; aber sie fürchteten, jede Stunde könne ihnen ein Unglück bringen. – Eines Tages sagte Gustav zu seiner Frau: «Laß uns beizeiten essen! Ich verreise heute nachmittags» Sie stutzte über diese plötzliche Ankündigung und fragte mit erheuchelter Gleichgültigkeit: «Wohin denn?» Er antwortete ihr kurz, daß er die Fabriken im Gebirge besuchen wolle, die zu sehen er schon lange sich vorgenommen habe, nahm zur bestimmten Stunde einen flüchtigen Abschied und stieg in den Wagen. Sie sah ihm betroffen nach und brach in Tränen aus, als der Schall der Räder nicht mehr zu hören war. Sie machte sich zu tun, um über ihre Stimmung Herr zu werden. Umsonst, es lag auf ihrer Brust wie ein Berg. Gegen Abend besuchte sie der Bruder. Sie hatte nicht Lust zu reden und bat ihn, ihr etwas vorzulesen. Er kramte umher; endlich fand er einen Band und wollte beginnen, als sie, den Titel auf dem Rücken des Buchs erblickend, ausrief: «Um Gottes willen, was machst du? Das sind ja die Wahlverwandtschaften!» – «Nun», sagte er lachend, «was ist dabei? Es ist ein Buch wie die andern.» – «Ich bitte dich», rief sie von Schauder geschüttelt, «nimm es mit, daß ich es nie wiedersehe. Wenn du wüßtest, welche Erinnerungen sich an dieses Buch knüpfen!»

«Hier steht vorn auf dem weißen Blatte der Name des Gebers», sagte er in seiner kaltblütigen Art. «Seiner Freundin Adolfine der Marquis... Ich kann den Namen nicht lesen. Florenz... Was für ein Marquis war das? Du hast ja nie von einem Marquis gesprochen, den du in Italien gekannt.»

«Es war eine flüchtige Bekanntschaft!» versetzte sie errötend und erbleichend. «Mir ist nicht wohl, Bruder, schlafe wohl! Nimm die Wahlverwandtschaften mit, ich schenke sie dir. Es wird früh genug alles kommen, wie es in dem Buche steht.»

Er lachte über diese Melancholie. «Wenn du nicht so vernünftig wärst», sagte er, «so würde ich glauben, du wolltest dich auch wie so viele Weiber jetzt mit deinen Nerven interessant machen. Wo ist dein Mann?» – «Verreist nach den Fabriken im Gebirge – so sagte er», versetzte sie. «Ich glaube aber, er ist ganz woanders hin.»

Der Bruder schüttelte den Kopf. «Wenn ich nur wüßte, was ihr miteinander vorhabt!» sagte er, indem er Abschied nahm.

Gustav hatte eine halbe Stunde vor der Stadt den Postillon halten und umkehren lassen; er habe seinen Reiseplan geändert, sagte er zum Schwager. Er ging einige hundert Schritte durch Wiesen und Felder, seinen leichten Mantelsack selbst unter dem Arm tragend. Vor der Türe eines dürftigen Hauses hielt der Bewohner ein Pferd, gesattelt und gezäumt. Unser Freund schwang sich auf, empfahl dem Manne Verschwiegenheit, drückte ihm ein Stück Geld in die Hand und trabte seitwärts, Gehölz und Feld in entgegengesetzter Richtung durchschneidend, davon.

Wir lassen den Beweggrund zu diesem geheimnisvollen Verfahren vorderhand auf sich beruhen und melden nur, daß der Reiter dem Gebirge mit seinen Fabriken den Rücken wies und sich in der Richtung nach Köln zu rasch fortbewegte. Der Frühling lachte über den Gefilden und weinte aus den frisch beschnittenen Zweigen der Rebe. Gustav machte seiner lange eingeschnürt gewesenen Brust in tiefen Atemzügen der Wehmut Luft, als er sich so allein sah zwischen Saatengrün, Baumblüte und Lerchenwirbel. «Ach», rief er, «alles Schöne in der Natur kehrt wieder, die Knospen am Baume, das Jauchzen der Vögel, die segenschwangere Ähre, die blaue schwellende Traube – warum muß der Mensch nur einmal blühen und dann nicht wieder? Warum sterben unsre Hoffnungen, warum erlischt unsre Zuversicht, ehe wir sie genossen haben?» Er gedachte seiner frischen Jugend und des Tages, wo er mit den Freunden seiner ersten Zeiten im Angesicht des Stromes den Bund für die Ewigkeit beschwor. – Die Welle hatte den Schwur vernommen und ihn ins Meer getragen; die Freunde zerstreuten sich, und wenn der Zufall später zwei wieder zusammenführte, so ging es wie auf dem Karneval, keiner hatte mehr mit dem andern etwas zu teilen; er gedachte des Tages, wo er an Adolfinens Brust sank, in den Armen eines Weibes das Glück zu finden – hatte er es gefunden? Das ganze Leben schien ihm so recht eigentlich auf eine trostlose Mittelmäßigkeit, auf eine dürre Gemeinheit angelegt zu sein. Keine Gewähr für irgend etwas, was über die armselige Not, über das Bedürfnis des Tages hinausgeht! Dann leuchtete ihm wieder wie eine himmelblaue Blume aus Moder und Zerstörung die Liebe jener Unglücklichen entgegen. «Ja, diese war mein Eigen!» rief er aus. «Diese hätte mich verstanden, sie hätte nicht meiner gespottet; in den Tod und zu der Hölle wäre sie für mich gegangen! Warum auch das noch erfahren?» Er fühlte sein Dasein zerstückt; aber in jedem Stücke zuckte und blutete ein Herz.

Indem er sich so seinen düstern Gedanken überließ, hatte er wie gewöhnlich des Weges nicht genugsam geachtet. Und wohin wollte er denn? Nun, er wollte nach Köln, nicht Sidonien zu sehn, nein, nur Erkundigungen nach ihr anzustellen und, wenn er sie ausgeforscht, unbemerkt, anonym für sie zu sorgen. Das und nicht mehr hatte er im Sinn, und doch schlug ihm das Herz, und doch wallte sein Blut mit einer Unruhe, welche nicht die Folge rein wohltätiger Entschließungen zu sein pflegt. Jetzt sah er sich zwischen waldbewachsenen Hügeln; unversehens hatte sich die Ebene in diese verloren. Er blickte um sich, er wußte nicht mehr, in welcher Richtung er sich befand; kein Mensch war zu erblicken. Es war ein Sonntag; aus der Ferne tönte eine Kirchenglocke. Diesem Schalle vertrauend, schlug er den Weg ein, der demselben entgegenzuführen schien. So hoffte er zu einem Dorfe zu gelangen, wo er sich wieder zurechtfragen konnte. Die Hügel wurden zu beiden Seiten höher; endlich traten Felsen hervor, er geriet in einen finstern Hohlweg. Er ritt in die unheimliche Dämmerung hinein, vorsichtig sein Pferd zügelnd und achtsam vorausschauend. Als er eben um eine vorspringende Ecke lenken wollte, sprang mit entsetzlichem Geschrei, welches wie ein Gelächter klang, eine menschliche Figur hinter derselben hervor und streckte zwei Finger über der Stirne in die Höhe, als wollte er dem Begegnenden Hörner andeuten. Gustavs Pferd scheute bei dem Geschrei und Anblick und tat einen Satz, daß der Reiter sich nur mit Mühe im Sattel erhalten konnte. Er riß das Pferd heftig zusammen; die wilde Figur wollte neben ihm durch die Enge schlüpfen, das Pferd schlug blitzschnell aus, und hinter ihm ertönte ein Jammergeschrei. Er wandte sich um: der Mensch lag, von dem Hufschlage getroffen, blutend und wimmernd am Boden. Sobald Gustav sein wütendes Tier etwas beruhigt hatte, schwang er sich herab und ging zum Verwundeten. Er bemühte sich um ihn, er sah, daß das Blut aus dem Schenkel hervordrang; er fragte ihn, ob er irgend anderswo getroffen sei. Statt aller Antwort blickte ihn der Mensch verwirrt mit starrem Auge an und wiederholte wohl zwanzigmal den Ruf: «Hahnrei!» – In fahl angeleuchteter Enge war unser Freund so einige Minuten mit dem Menschen allein, aus dessen Zügen durch den Schmerz hindurch der Wahnsinn blickte. Endlich ließen sich Menschenstimmen vernehmen. Ein Trupp Bauern drängte sich durch den Hohlweg. «Da liegt der Tolle, Herr Amtmann!» rief alles, sich nach einem Manne zurückwendend, der, in anständiger Zivilkleidung bedachtsam einherschreitend, seinen Gerichtseingesessenen um einige Schritte nachgeblieben war. Der Amtmann und die Bauern kamen herzu, und alles schrie vor Erstaunen wild durcheinander, als sie den Joachim, wie sie den Verwundeten nannten, bluten sahen. Mit wenigen geflügelten Worten hatte Gustav ihnen die Geschichte erzählt; sein schäumendes Pferd, welches, wild wie ein Tiger, danebenstand und in den Boden hieb, lieferte den Beweis. Plötzlich rief der Amtmann nicht ohne Würde: «Stille! Dieser Augenblick ist wichtig. Der Schmerz bannt alle Verstellung. Nicht besser kann ich ihn erforschen als jetzt.» Er wandte sich zu dem Blutenden und tat an ihn einige Fragen über seinen Unfall. Der aber machte sein unbescheidenes Zeichen dem Amtmann ins Gesicht und schrie das Wort, welches ihm allein von der Sprache übriggeblieben zu sein schien. Der Amtmann sagte: «Ich nehme alle Umstehenden zu Zeugen, daß der Joachim sein verwirrtes Benehmen auch in dieser Verfassung noch beibehalten hat. Sie, mein Herr, muß ich über den Vorfall vernehmen. Ich hoffe, der Joachim ist gerettet; kein Arzt wird ihm jetzt die Tollheit absprechen.» Die Bauern luden den Wahnsinnigen auf eine Bahre. Gustav schritt mit dem Amtmann, das Roß am Zügel führend, voran.

Unterwegs erfuhr er von seinem Begleiter, der gern zu reden schien, die Geschichte des Unglücklichen. Er war ein Brudermörder. Er lebte mit dem Erschlagenen ruhig und friedlich zusammen, als auf einmal, man wußte nicht, wie und wodurch, in ihm der Argwohn erwachte, jener halte es mit seiner Frau. In einem Anstoß der Eifersucht wurde das schreckliche Verbrechen begangen. Man hielt ihn schon damals für irrsinnig; während der Untersuchung stellte er sich ganz so dar. Seine Seele schien bis auf die Vorstellung verletzter Treue alle übrigen eingebüßt zu haben. Er saß tagelang, ohne ein Wort zu sprechen, starr auf einen Fleck blickend, und nur, wenn man ihn gewaltsam aufrüttelte, wiederholte er, bis ihm die Stimme versagte, den Ruf, den auch Gustav so oft aus seinem Munde vernommen hatte.

Dies erzählte der Amtmann und daß jener vor wenigen Stunden die Unachtsamkeit eines Wärters zur Flucht benutzt habe. Er fügte hinzu, daß er immer an der Wirklichkeit des Wahnsinns gezweifelt habe, und sagte viel von den künstlichen Mitteln, die von ihm angewendet worden seien, um auf den Grund zu dringen, was Gustav nur halb verstand. Heute aber sei er gewiß geworden, schloß der Amtmann; wer, vom Pferde geschlagen, mit halb zerschmettertem Schenkel verrückt bleibe, der sei aufrichtig verrückt. «Ein Glück für den Schelm», rief er aus, «daß Sie mit Ihrem wilden Pferde ihm grade in den Weg kommen mußten! Wir können ihn nun mit gutem Gewissen ans Irrenhaus abgeben.»

«Sie sprechen ein sonderbares Glück aus», versetzte Gustav, «und doch haben Sie wohl recht. Die Kirchen und Klöster haben aufgehört, Freistätten zu sein, und das Tollhaus ist an ihre Stelle getreten. Übrigens, dächte ich, mußte der erste Blick lehren, daß der Mensch ohne Verstand sei, und ich hätte um diesen Punkt keine weitläufige Untersuchung angestellt.»

«Mein Herr, Sie sind nicht Kriminalist», antwortete der Amtmann mit einem Blicke, der, wie es schien, den unbefugten Urteiler in seine Schranken zurückweisen sollte. Indessen waren sie aus dem Hohlwege gekommen, eine sanfte Baumebene lag vor ihnen, in kurzer Entfernung zeigte sich ein großes fleckenartiges Dorf. Gustav fragte nach dem Namen. «Es ist mein Wohnort», versetzte der Amtmann und nannte den Namen. – «Großer Gott!» rief Gustav, auf das äußerste überrascht. «So sind Sie Sidoniens Richter?» – Der Amtmann maß ihn mit prüfenden Augen und sagte: «Wenn Sie die angebliche Gräfin *cka meinen – ja, deren Richter war ich. Wie kommen Sie darauf, sich nach dieser Landstreicherin zu erkundigen? Kennen Sie die Person?» Was sollte unser Freund erwidern? Auf das Geradewohl, in der größten Bestürzung, stotterte er: «Mich dünkt, ich habe von dem Falle gelesen.» – Freudeglänzend rief der Amtmann: «Also kennen Sie meine Beiträge zur Seelenkunde und Menschenkenntnis aus langjähriger Kriminalpraxis? Denn darin habe ich von der *cka und dem *losch gesprochen. Sagen Sie, mein Bester, wie geht das Buch in Ihrer Gegend?» Gustav antwortete etwas, was den eifrigen Schriftsteller zufriedenstellen konnte, und bat, so gefaßt, als er nach seinem Zustande sein konnte, ihm mehr von der Armen zu sagen, zu deren Marterstätte ihn seine Zerstreutheit und ein sonderbares Ungefähr hinführten. Der Richter versetzte kurz, er glaube, sie sei eine gewöhnliche Romanheldin gewesen, die einmal zur Abwechslung auch habe die Magdalena spielen wollen; sie habe mitunter Geschichten angegeben, die vermutlich ganz unwahr gewesen seien, unter andern eine von einer geraubten Schatulle. «Das Ganze war», äußerte dieser Menschenkenner, «nichts als ein Gespinst, womit sie sich interessant machen wollte; sie konnte weder Ort noch Namen angeben und half sich mit der Ausflucht, daß sie nicht wolle. Ich glaube, sie suchte mich glauben zu machen, sie habe den Bestohlenen geliebt. Ich ließ die Sache auf sich beruhen; ich war in meinem Innern gewiß, daß es eine Fabel war. Wenn man eine geraume Zeit lang die Menschen beobachtet hat, wie ich vermöge meines Amtes genötigt gewesen bin, so erwirbt man am Ende einen Blick, den so leicht nichts trügt.»

Gustav war zu ernst gestimmt, um über die wunderliche Zuversicht des Richters lächeln zu können. Dieser fuhr, von sich begeistert, fort: «Aber ihren Begleiter hatte ich auch, wenn ich so sagen darf, auf den ersten Griff weg. Ein merkwürdiger, bedeutender Mensch, einer, der, wie Schiller von seinem Räuber sagt, notwendig entweder Brutus oder Catilina werden mußte. Ich habe an seinem Sarge geweint; denn mein Beruf hat in mir nicht den Menschen ausgetilgt.»

«Ist jener Verbrecher tot?» fragte Gustav erstaunt. – «Mein Herr», versetzte gereizt der Richter, «Sie scheinen meine Beiträge zur Seelenkunde und Menschenkenntnis ziemlich flüchtig gelesen zu haben. Freilich ist er tot; ich habe ja sein Ende in jenem Buch weitläufig erzählt. Es war ihm nichts zu beweisen; wie der Aal, wie die Schlange glitt er mir unter den Händen weg, wenn ich ihn festzuhalten glaubte. Es erfolgte ein freisprechendes Urteil. Als ich ihm dies eröffnete, flog ein wildes Lächeln über sein Gesicht. ‹So habe ich denn meinen Prozeß gewonnen!› rief er und schien einem Entschlusse nachzusinnen. ‹Mein Fehler ist ein unüberwindlicher Widerspruchsgeist›, fuhr er fort. ‹Und so sage ich Ihnen denn jetzt, mein Herr, in dem Augenblicke, wo das Gericht mich freispricht: Ich habe alles das begangen, was man mir nicht hat beweisen können. Mich ergetzte das Treffen, welches Sie täglich meinem Scharfsinne lieferten; mich beschäftigte der Feldzug, den wir gegeneinander sechs Monate lang führten. Nun ist Friede geschlossen, und der eine General kann dem andern getrost die Karten aufdecken.› Äußerst überrascht von diesen Worten, erklärte ich ihm, daß die Untersuchung von neuem beginnen müsse. ‹Die Mühe will ich Ihnen ersparen›, versetzte er. ‹Mein Leben ist verbraucht; zwischen Himmel und Erde gibt es nichts Neues mehr für mich, und die Gräfin hat sich von mir losgesagt. So wollen wir denn die Tinte sparen und unser Geständnis rot unterzeichnen.› Blitzschnell hatte er bei den letzten Worten ein Messer, welches auf dem Tische lag, ergriffen, und ehe ich noch zu einem Gedanken kommen konnte, sah ich einen Blutstrom aus seiner Brust springen. Er fiel ohne Laut, ohne Regung: Bei der Sektion zeigte sich das Herz mitten durchbohrt. So endete jener ausgezeichnete Mensch. In meiner Gerichtsstube können Sie noch am Boden den Fleck sehen, den kein Waschen und Scheuern ganz zu tilgen vermocht hat.

Gustav entsetzte sich vor diesem Nachtstück; ein Schauder rieselte durch seine Adern, als er in die Gerichtsstube trat, wo der erste Blick, den er scheu auf den Boden richtete, ihm einen grauen Streifen zeigte, der von der blutigen Tat jenes Verworfenen sprach. «Sehen Sie», sagte der Richter mit einem Scherze, der seine ästhetische Kultur andeuten sollte, «hier finden Sie alle Utensilien zu einer Tragödie. Da hängen Stricke, womit sich junge Mädchen erwürgt haben. Dort liegt der Dolch eines Vatermörders; in jener Ecke steht das Beil, womit mein Toller seinen Bruder erschlug. Ich verkaufe den ganzen Kram um ein Billiges; weisen Sie mir doch einen unsrer resoluten Trauerspieldichter zu!» Gustav bat den aufgeräumten Mann, ihn sobald als möglich abzufertigen. «Sie haben keine Eile», versetzte der Amtmann. «Sie sind auf die Nacht mein Gast; nach Köln können Sie nicht mehr kommen, Sie haben sich weit von der rechten Straße verirrt. Ich sehe da eben die Bauern mit dem Verwundeten anlangen. Für diesen muß ich erst sorgen; dann will ich Sie gleich vernehmen.» Er ging nach einem Repositorio, nahm verschiedene Päckchen Briefe daraus hervor und sagte: «Damit vertreiben Sie sich die Zeit, bis ich zurückkehre. Der Tote, dessen Blut dort den Boden färbt, ist durch die Länder gefahren wie ein Don Juan und hat den Weibern die Köpfe dermaßen verrückt, daß es interessant ist, ihr Girren zu lesen. Diese Liebesbriefe, hundert und etliche an der Zahl, wurden ihm bei seiner Verhaftung abgenommen. Wenn Sie einen Roman schreiben wollen, so finden Sie in den Blättern und Blättchen die vortrefflichsten Materialien dazu. Ich sage Ihnen, das ist hier eine deutsche, eine französische, eine polnische, eine russische und eine italienische Korrespondenz, die in jeder Novelle figurieren könnte. Und was mehr: der Psychologe lernt daraus, wie die Frauenzimmer der verschiedenen Nationen sich in der Liebe benehmen.»

Er ließ unsern Freund allein zurück bei jenen Briefen und begab sich zu dem Verwundeten, der eben unter dem Fenster mit verdoppelter Heftigkeit wieder sein Geschrei ausstieß. Als er nach einer halben Stunde zurückkehrte, hatte er einen Anblick, den er nicht erwartete. Gustav lag, das Gesicht auf dem Tische, beide Hände weit über denselben ausgestreckt, und vor ihm lag eines der Pakete geöffnet und, wie es schien, gelesen. «Was fehlt Ihnen?» fragte der Amtmann bestürzt. Gustav richtete sich in die Höhe; sein Gesicht war blaß und entstellt, wie das Antlitz eines Mannes, der etwas Furchtbares sah. «Können Sie mir diese Briefe wohl auf wenige Tage anvertrauen gegen Pfand oder sonstige Sicherheit, die Ihnen angemessen dünkt?» fragte er den Verwunderten mit tonloser, erstorbener Stimme, indem er auf das geöffnete Paket deutete. «Diese? Die italienische Korrespondenz?» versetzte der Richter. «Mir genügt Ihr Wort, die Briefe nach gedachtem Gebrauch zurückzugeben. Aber was wollen Sie damit?» Er tat noch verschiedene Fragen, das Innere unsres verwandelten Freundes zu erforschen, jedoch vergebens. Zum ersten Male in seinem Leben fühlte er sich von seinem Scharfsinne, seiner Seelenkennerschaft diesem Kummer gegenüber verlassen.

Einige Wochen später wurden die Freunde der Gatten durch eine unerwartete Nachricht überrascht und betrübt. Sie erklärten schriftlich gemeinschaftlich, daß Dinge, die einer dem andern nicht vorzuwerfen habe, sie zwängen, ihre Verbindung aufzuheben. Sie baten die, welche ihnen wohlwollten, keinen Stein auf sie zu werfen, da sie selbst einander nicht anschuldigten; sie fügten die Versicherung, hinzu, daß der Trennung ungeachtet gegenseitige Wertschätzung und Ergebenheit fortdauern werde.

Natürlich begnügte sich die Welt mit einer so rätselhaften Erklärung nicht. Man fragte, man deutete, man wollte durchaus einen Grund haben und wissen. Bestürzt kam der Bruder zur Schwester und drang mit wohlgemeinten heftigen Worten in sie; sie bat ihn inständigst, ihr Ruhe zu gönnen – ob er meine, daß ein so schwerer Schritt nicht wohl erwogen worden sei? – Einige neugierige Freundinnen steckten sich in ihrem Eifer hinter die Domestiken. Aber auch diese vermochten wenig Auskunft zu geben. Nur ein kürzlich angenommenes Mädchen erzählte, die gnädige Frau habe den Herrn bei der Rückkunft von einer Reise mit rotem Gesicht und heftigen Vorwürfen empfangen; sie habe ihm gesagt, wie sie wisse, daß er nach Köln gereist sei und nicht in das Gebirge. Der Herr habe gar nichts erwidert; es sei eine lange Pause entstanden; endlich habe die gnädige Frau einen Schrei ausgestoßen, der Herr aber habe gesagt: «Wenn diese Briefe von dir sind, so wären wir quitt!»

Weiter hatte das Mädchen, vor dem Zimmer lauschend, nichts erlauschen können. Sie sprach von verweinten Augen und naßgeweinten Kissen und daß der Herr seit jenem Tage immer krank ausgesehen habe. Diese Schmerzen interessierten die Welt eben nicht sonderlich; aber in Verzweiflung war man, daß man durchaus nicht zu ergründen vermochte, wo und wann das galante Abenteuer vorgefallen war. Denn Adolfine hatte sich während ihrer Ehe fleckenlos betragen.

Doch lassen wir die Menschen mit ihrer herzlosen Neugier! – Die Abschiedsstunde unsrer Freunde war nicht leicht. Sie sonderten ihre Sachen; da wurde so manches voneinander getan, was lange zusammengestanden hatte, es war ihnen beiden, als beginne die Auflösung ihres Leibes und ihrer Seele. Doch hatten sie einander Fassung gelobt; Adolfine schien besonders fest zu sein. Sie ruhte einen Augenblick von der Mühe des Packens aus, setzte sich auf einen Koffer und sagte: «Versprich mir, Gustav, daß du mich zu deiner Pflege holen lassen willst, wenn du krank wirst!» Er gab ihr die Hand, setzte sich zu ihr und erwiderte: «Du nimmst doch auch niemand als mich zu deinem Geschäftsführer?» So saßen sie Hand in Hand auf dem Koffer, und um sie her lagen Schachteln, Kartons, Musikalien und Bücher in wüster Unordnung. Jetzt trat der Bediente ins Zimmer und sagte verlegen und zögernd: «Der Musikdirektor schickt den Subskriptionsbogen herum und läßt fragen, ob der Herr und die gnädige Frau wieder an den Winterkonzerten teilnehmen werden.» In demselben Augenblicke hob die Flötenuhr an der Wand aus und spielte das Lied:

«Es kann ja nicht immer so bleiben
Hier unter dem wechselnden Mond.»

Diese geringfügigen Umstände brachen, wie es wohl zu geschehen pflegt, die Herzen, welche unter schwereren Dingen sich aufrecht gehalten hatten. Laut weinend stürzten die Unglücklichen einander in die Arme; schluchzend rief Gustav: «Laß uns zusammenbleiben!» Sie weinte, als wollte sie sich in Tränen auflösen, und sagte dann leise, was Sidonie ihm gesagt hatte: «Hätte ich dich früher gesehen!» Sie lag wie ein armes Kind an seine Brust geschmiegt; nie war sie so innig gewesen. «Ja, du bleibst bei mir!» rief er, von falscher Hoffnung getäuscht.

Sie richtete sich auf, trocknete ihre Augen und sprach gefaßt: «Betrüge dich nicht! Ich will darin wenigstens verständiger sein als die meisten meines Geschlechts, daß ich nichts Zerstörtes mit eitler Mühe zu erhalten strebe. Wenn ich zurückdenke an das, was ich erfahren habe, so ergreift mich ein Ekel vor mir selbst. So sich betrügen zu können! Ein... Pfui! Der Mensch ist ein elendes Geschöpf! Siehst du wohl? Es geht nicht, und die Flötenuhr behält recht. Soll ich mich ewig in meinem eigenen Hause schämen müssen? Könnte das dich glücklich machen? Könnte eine Frau es ertragen?» – «So treiben die Toten die Lebendigen auseinander!» rief er verzweiflungsvoll aus. «Er liegt im Grabe, der Frevler, lange; sie ging zur Ruhe vor einigen Tagen; ihre alte Pflegerin ließ mich's wissen. Zwei Schatten – können sie einen Bund für das Leben zerstören?»

«Ich bin zu traurig», versetzte Adolfine, «als daß ich nachdenken könnte. Wenn man die Ringe wechselt, soll man die Herzen ganz verschenken und einen Strich über alles Frühere machen. Sonst rührt man an das Reich der Schatten, und da kommt herauf, man kann nicht voraussehen, was. Die Torheit hat begonnen, der Zufall hat vollendet; so ist der Abgrund zu unsern Füßen zuletzt aufgewühlt worden. – Hilf mir packen! Der Wagen kommt in einer Stunde.»

Er schwieg, und noch an demselben Tage fuhr ein schwerbepackter Reisewagen aus dem Tore. Die Fenster waren geschlossen, und niemand hat gesehen, wer in dem Wagen saß.

Wenn man von dem Kruzifixe, wo Gustav Sidonien so unerwartet traf, seitwärts in den Kreuzgang tritt, blickt man auf den stillen Friedhof, den der Kreuzgang mit seinem Pfeiler- und Blätterwerk umschließt. Der Anblick ist sehr freundlich und mild. Eine zierlich ausgezackte und abgestufte Spitzsäule erhebt sich in der Mitte; ringsumher weht die Akazie, schattet der Holunder über den Gräbern. Die Kinder lieben das Plätzchen und treiben den Kreisel dort; die Angehörigen besuchen fleißig die Ruhestätten ihrer Seligen. Namen, Jahrzahlen und fromme Sprüche sind an den Kreuzen nicht gespart. Ein namenloses Grab aber ist in der Nähe der Spitzsäule, kahl und unbeschattet, keine liebende Hand hat es bepflanzt. Nur eine Alte wankt von Zeit zu Zeit herbei, wenn das Abendrot auf den Kirchenfenstern liegt, ein herkömmliches Gebet über dem Grabe zu sprechen. Gustav hat es nie sehen mögen, und wenn die Alte stirbt, wird keiner mehr wissen, wer darin ruht.

Über tredition

Eigenes Buch veröffentlichen

tredition wurde 2006 in Hamburg gegründet und hat seither mehrere tausend Buchtitel veröffentlicht. Autoren veröffentlichen in wenigen leichten Schritten gedruckte Bücher, e-Books und audio-Books. tredition hat das Ziel, die beste und fairste Veröffentlichungsmöglichkeit für Autoren zu bieten.

tredition wurde mit der Erkenntnis gegründet, dass nur etwa jedes 200. bei Verlagen eingereichte Manuskript veröffentlicht wird. Dabei hat jedes Buch seinen Markt, also seine Leser. tredition sorgt dafür, dass für jedes Buch die Leserschaft auch erreicht wird.

Im einzigartigen Literatur-Netzwerk von tredition bieten zahlreiche Literatur-Partner (das sind Lektoren, Übersetzer, Hörbuchsprecher und Illustratoren) ihre Dienstleistung an, um Manuskripte zu verbessern oder die Vielfalt zu erhöhen. Autoren vereinbaren direkt mit den Literatur-Partnern die Konditionen ihrer Zusammenarbeit und partizipieren gemeinsam am Erfolg des Buches.

Das gesamte Verlagsprogramm von tredition ist bei allen stationären Buchhandlungen und Online-Buchhändlern wie z. B. Amazon erhältlich. e-Books stehen bei den führenden Online-Portalen (z. B. iBookstore von Apple oder Kindle von Amazon) zum Verkauf.

Einfach leicht ein Buch veröffentlichen: **www.tredition.de**

Eigene Buchreihe oder eigenen Verlag gründen

Seit 2009 bietet tredition sein Verlagskonzept auch als sogenanntes "White-Label" an. Das bedeutet, dass andere Unternehmen, Institutionen und Personen risikofrei und unkompliziert selbst zum Herausgeber von Büchern und Buchreihen unter eigener Marke werden können. tredition übernimmt dabei das komplette Herstellungs- und Distributionsrisiko.

Zahlreiche Zeitschriften-, Zeitungs- und Buchverlage, Universitäten, Forschungseinrichtungen u.v.m. nutzen diese Dienstleistung von tredition, um unter eigener Marke ohne Risiko Bücher zu verlegen.

Alle Informationen im Internet: **www.tredition.de/fuer-verlage**

tredition wurde mit mehreren Innovationspreisen ausgezeichnet, u. a. mit dem Webfuture Award und dem Innovationspreis der Buch Digitale.

tredition ist Mitglied im Börsenverein des Deutschen Buchhandels.

Dieses Werk elektronisch lesen

Dieses Werk ist Teil der Gutenberg-DE Edition DVD. Diese enthält das komplette Archiv des Projekt Gutenberg-DE. Die DVD ist im Internet erhältlich auf **http://gutenbergshop.abc.de**

Zeitfracht Medien GmbH
Ferdinand-Jühlke-Straße 7
99095 Erfurt, Deutschland
produktsicherheit@kolibri360.de